U0554421

我爱劳劳

라오라오가 좋아

［韩］具景美 著
崔丽红 译

人民文学出版社

著作权合同登记号　图字　01-2017-1135

라오라오가좋아
© 2010 by 구경미
All rights reserved.
First published in Korea by Hyundae Munhak.
This simplified Chinese edition is published by People's Literature Publishing House Co., Ltd. in 2019 under the support of Literature Translation Institute of Korea (LTI Korea).

图书在版编目(CIP)数据

我爱劳劳/(韩)具景美著;徐丽红译.—北京:人民文学出版社,2018
(韩国文学丛书)
ISBN 978-7-02-014414-3

Ⅰ.①我… Ⅱ.①具… ②徐… Ⅲ.①长篇小说—韩国—现代 Ⅳ.①I312.645

中国版本图书馆CIP数据核字(2018)第197229号

责任编辑　张海香
装帧设计　崔欣晔
责任印制　徐　冉

出版发行　人民文学出版社
社　　址　北京市朝内大街166号
邮政编码　100705
网　　址　http://www.rw-cn.com

印　　刷　三河市宏盛印务有限公司
经　　销　全国新华书店等

字　　数　116千字
开　　本　880×1230毫米　1/32
印　　张　6.25　插页3
版　　次　2019年1月北京第1版
印　　次　2019年1月第1次印刷

书　　号　978-7-02-014414-3
定　　价　32.00元

如有印装质量问题,请与本社图书销售中心调换。电话:010-65233595

译 者 序

　　浏览近两年韩国文学概况,我的脑海里还是会不经意地浮现出具景美和她的《我爱劳劳》。去年火遍韩国的《82年生的金智英》,引爆了整个社会对于女性生存状态的忧虑,主人公金智英从出生到大学,从工作到辞职做全职妈妈,每个人生阶段似乎都受到来自男权社会的压迫。按照当代社会成功学的标准来看,大部分的韩国女性似乎都无可奈何地沦为了"loser"。这样的描写和反思也是年轻女作家不同于前辈女作家的地方,像申京淑、殷熙耕、李惠京、金仁淑等出生于二十世纪六十年代的女作家,更多地关注个人的内心世界,而现在步入中年的女作家似乎面临着更多的资本主义消费社会的压力,终于由女作家赵南柱捅破了这层薄薄的窗户纸,借着虚构人物金智英的酒杯抒发当代女性的心中块垒。在当代韩国女作家群体中,具景美也善于描写社会问题,并以独到的观察和笔法赢得了读者的赞誉。

　　2009年,我应韩国文学翻译院之邀,前往韩国做学术访问。

那是去庆尚北道尚州市旅行的途中,韩国著名作家成硕济指着田间路边的几位妇女,告诉来自世界各国的翻译家们说,这几位是嫁到韩国的越南媳妇。当时,我的心里就感到好奇又疑惑,她们是怎么来到韩国的呢?她们是出于自愿,还是迫不得已?她们在异国他乡过得开心吗?没想到回国不久,具景美作家就出版了描写这个题材的长篇力作。读完之后,我感觉这是难得的佳作,值得介绍给国内读者。

对于国内读者来说,具景美是个陌生的名字,其实她早已蜚声韩国文坛,出版了很多优秀作品。具景美毕业于庆南大学国语国文系,二十四岁那年凭借短篇小说《记忆阑珊》入选《京乡新闻》新春文艺,迄今为止已经出版了小说集《游戏的人》《杀死懒惰》《看见异乡人》《波澜万丈的人生》,以及长篇小说《对不起,本杰明》《奇异鸟在飞翔》《我们的自炊共和国》。相比侧重于技巧求新的同龄作家,具景美的写作有着独特的厚重感。她注意关注边缘人的生存状态,善于发掘不为人重视的题材,刻画小人物丧失生活目的后无力的日常生活。

《我爱劳劳》的主人公也是韩国社会中的"loser"。这部作品通过老挝女性阿美到韩国结婚的故事,探讨了韩国社会的移民女性问题和跨国婚姻问题。主人公是韩国企业派驻老挝的工作人员,偶然认识了老挝女人阿美,后来介绍自己的小舅子给她。两个人相识一个月便闪电式结婚,阿美发现婚后生活完全不是自己期待的样子,感到非常失望。两口子吵架之后,渴望得到安慰的

/ 译者序 /

阿美找到主人公,两人喝酒聊天,回忆老挝的生活,结果发生了不伦之情,于是无路可走的两个人踏上了逃亡之路。

具景美的描写客观冷静,细致入微地刻画了阿美的心理过程,试图给她以安慰。事实上,对于通过跨国婚姻移民韩国社会的外国女性而言,这样的生活带有天然的缺陷,现实人生恐怕也不会比虚构的阿美幸福。爱情需要同等主体之间能动的交流,移民女性不可避免地处于弱势地位,《我爱劳劳》直面社会痛点,勇敢揭示了爱情被还原为资本逻辑的残酷现实,尤为可贵。

《我爱劳劳》出版后,赢得了媒体和读者的广泛赞誉。《首尔新闻》说:"具景美的最新长篇小说《我爱劳劳》通过黑色幽默的形式,赤裸裸地呈现了这片土地上丧失存在感的家长们的现实处境。"《韩国日报》同样给予高度的评价:"这部小说在内容上接近于完美的悲剧,读来却又不是特别沉重,原因就在于具景美杰出的文学才华。她在小说当中随处设置了很多才华横溢的表达。"

其实,无论是黑色幽默,还是才华横溢,最重要的还是作家流露出的悲悯情怀。具景美在《作家的话》中借用米歇尔·图尼埃的话说:"背影不会说谎",那么,千千万万的阿美们是不是甩给外表繁华的韩国社会的背影呢?她们又诉说着怎么样的真实呢?

徐丽红
2018年6月

目 录

第 1 章 …………………………………………… 1
第 2 章 …………………………………………… 24
第 3 章 …………………………………………… 43
第 4 章 …………………………………………… 63
第 5 章 …………………………………………… 76
第 6 章 …………………………………………… 90
第 7 章 …………………………………………… 115
第 8 章 …………………………………………… 125
第 9 章 …………………………………………… 141
第 10 章 ………………………………………… 161
第 11 章 ………………………………………… 182

作家的话 ………………………………………… 188
韩国文学丛书书目 ……………………………… 191

第 1 章

去哪儿呢？他问。阿美说，我想看海。这样说的时候，他们正在看海。海云台的大海静静地展现在他们面前。面朝大海，她仍然说想看海。他想，难道她说的海不是真正的大海。也不一定。他又试探着问，我们去看海吧？好，她毫不犹豫地回答。他思忖片刻，又说，你可能不知道，现在我们看的也是大海。她说，我知道。好几天了都在看海云台，我怎么会不知道呢。她的声音似乎有点儿不高兴。他又想了想，问道，你不喜欢这样的海？她说，海不像海。

"那你心目中的大海是什么？"

她不置可否。不管看不看海，他们总要去个地方。三天前开始，他的手机就被妻弟的电话打爆了。这意味着他们必须离开海云台，也意味着从现在开始必须仔细观察周围。如果妻弟知道了，肯定不会放过他们。他们收拾行李，离开了酒店，却又不知道该去哪里。他们来到每天傍晚散步的海云台，最后看看海云台的海。

他看看大海,又悄悄地看了看她。害怕吗?他问。她说,害怕。他说,我理解。随着妻弟的电话号码堆满他的手机,她变得心烦意乱,焦躁不安。他同样心乱如麻。这是毫无计划、纯属偶发的事。既然是偶发事件,那也只能即兴应对。那个瞬间,他们能想到的对策就是从各自家人的视野里消失。

他看了看她的脸色说,其实我也害怕。她没有回答。难道还杀了我们?他开起了玩笑,她还是没说什么。我们远走高飞吧?这次他故作欢快,依然没能激起她的反应。他试探着问道,要不我们回去?

"回去也要先看完大海啊。"

刹那间他无言以对,只好假装无所谓。

"你想回去?"

"不知道。可以回去,也可以不回去。"

他感觉自己遭到了背叛。哪怕只是随便说说,他也无法掩饰自己的失落。要回也应该早回。如果一开始就不回去,那以后也不要再回了。这是规则。当初能回去的时候,他们没有回;现在已经回不去了,她却流露出可以回去的意思。

"不是你让我带你走的嘛,还说去哪儿都行。"

"我知道。"

"所以我带你到了这儿。"

"嗯。"

第1章

"可是你又说要回去?"

"所以我说去看海啊。"

他有点儿恼火,不过强压住了。他知道在这里发火,最终受伤的还是他们自己。想发火却发不出来,他只好怒视着无辜的大海。始作俑者是她。事情因她而起,她却天下太平地念叨什么大海。

那是两周前的下午。她打电话说在他们公司门前,问他能不能出来。他嘴上说知道了,却又端坐不动。结婚以后,她很少独自来首尔。别说来首尔,甚至电话都不能随便打。她抱怨说,丈夫周末哪儿也不去,整天宅在家里,她都痛苦死了。现在她却到了首尔,就在他的办公室门前。他觉得是有要紧事。

他心情沉重地整理办公桌,打开邮箱,查看有没有急需回复的邮件。办公室里乱七八糟,充满了打电话的嘈杂声音。没有人注意他。他去国外出差很久才回来,同事们都把他当成客户派来的员工。没有亲密的同事,没有服从他的下属,也没有关照他的上司。一起进公司的同事从未去过艰险的外国现场,却已经成了高管。也许是职位不同的缘故,他们比见不到面的时节还陌生,终于成了比陌生人还尴尬的同事。他在韩国总部是孤独的异乡人。关闭邮箱,带上手机和钱包,他走出了办公室。

她坐在隔壁家具店放在门前当展示品的椅子上。看似老板的男人正在店里打量着她。见他走来,她莞尔一笑。心平气和的样子,完全不像历尽艰辛逃离家门的女人。正因为如此,他才放下心来，觉得自己想太多了，甚至为自己心情沉重地整理办公桌而羞愧。他扪心自问，是不是心里期待着她的不幸，不过这倒未必。应该更像是介绍人的责任感吧，他想。

他走过去，直到站在她眼前了，她依然面带微笑。他问她为什么笑，她说我就是想笑。他迟疑片刻，说道：

"不要无缘无故地笑。"

她依然笑着问道：

"为什么？"

"别人会误会。"

"怎么误会？"

"反正不要无缘无故地笑。"

"尴尬的时候也会笑。"

"现在尴尬吗？"

"现在就是想笑。"

"就是想笑也好，尴尬也好，不要随便走到哪儿都笑。"

"为什么？"

直到这样问的瞬间，她依然在笑。

"反正就是不要。"

"所长是第一个不让我笑的人。从来没有谁不让我笑。我想笑就笑也不行吗？"

这样说的时候，她没有再笑。他犹豫了一会儿，说道：

"你看，不笑的时候多漂亮。你嘴唇紧闭的样子更好看。"

第1章

"反正也没人看,漂亮有什么用?"

他又犹豫了,这次却没有回答,而是改变了话题:

"起来,走吧。"

"再等一会儿。"

"不能坐人家待售的椅子。趁老板还没驱赶,快点儿走吧。"

"没想到所长是个胆小鬼。我上当了。"

"怎么上当了?"

"不知道。"

"说吧。"

"我想喝咖啡。我们去喝咖啡吧。"

她从椅子上站起来,大步走在前面。无奈之下,他只得跟了上去。他想知道她怎么上当了,却又担心给她留下小心眼儿的印象,也就没有再问。

走进咖啡厅,她仍然闭口不语。想喝的咖啡上来了,现在该说正题了吧,然而他足足等了二十分钟。二十分钟里,她真的只喝咖啡,不时环顾四周,好像是她一个人来的咖啡厅。他看了看表,也跟着她四下里张望。没有什么能吸引视线。他有些无聊,开始担心自己离开公司太久了。总部长随时都会呼叫。他和总部长是那种极度尴尬的关系,而他的应变能力很糟糕,糟糕到了能让圣水大桥坍塌的程度,命运堪比濒临沉没的国家基里巴斯[①]。

[①] 基里巴斯共和国是太平洋岛国,近年因海平面升高而面临举国被淹没的危险。

他又看了看表,才过了四分钟。无奈之下,他只好略带责难地问道,你来这儿不会仅仅为了喝杯咖啡吧?她反问,不可以吗?她理直气壮,他却做不到。她越理直气壮,他就越心虚。他拿起空杯,又放下,让她随便。那有什么不可以。为了喝杯咖啡从安山跑到首尔,没有谁说不可以。换个角度来看,似乎还是相当浪漫的举动。他后悔自己连喝杯咖啡的自由都没给她,只顾不停地催促。为了表达悔意,他又说,有什么不可以,慢慢喝。说完之后,他立刻又后悔了。不该说有什么不可以,而该说不可以。什么事也没有,就喊正在公司上班的人出来喝咖啡,这是不可以的。如果这里是老挝,情况会有所不同。然而这里不是老挝,而是韩国。在韩国,他不是最高负责人,只是看上司脸色的工薪族。早知道处境如此不同,他就不回韩国了。有时他也后悔回到总部的决定。更多的时候,他后悔自己没能在年轻的时候回来。他已经四十六岁,很难完美地适应新环境。

"你老公对你好吗?"

他故意看着手表问道。他希望她能看到,无奈她仍然看着窗边,没有转头。不好。不会打你吧?他又试探着问道。"新婚"这两个字眼掠过脑海,然而想起妻弟的状态,他又把这个词删除了。她的回答很简单。

"打。"

他大吃一惊,问是不是真的,从什么时候开始,打了哪儿。几位客人在看他。他压低声音,问打得重不重,接着又问痛不痛,然

/ 第1章 /

后大声喊道,你也打他啊,为什么只挨打?这回连服务员都在看他了。

"他用眼睛骂我,也用眼睛打我。我很痛。昨天打了电视机,电视机晕倒了。"

他先是不知所措,继而哭笑不得,随后又感到羞愧,只听了她的一句话便大呼小叫。打电视机?他问。她说,是的。没有别的?是的。没打人?是的。他叹了口气。叹气之后,他意识到自己释怀的同时又有些失望。趁她尚未察觉,他急忙说道:

"我让你不要着急嘛。"

"都是因为所长。你让我和他交往的。"

"我是让你和他交往,谁让你马上嫁给他了?"

"让我和他交往,不就是让我嫁给他吗?"

"那怎么是让你嫁给他呢?首先是你先让我给你介绍的。"

"谁知道他是那种人?"

"我知道吗?我也差不多四年没见他了。老婆没跟我说,我做梦也没想到他会变成这样。如果知道,还会介绍给你吗?"

他想起妻弟泛着隐隐戾气的眼神。四年不见面,妻弟变得极度可怕,再也不是从前那个活泼开朗的人。姐夫,亲切声音的主人消失了,剩下的只是脸色铁青、声音干涩的陌生男人。

妻子什么也没有告诉他。他不知道妻弟破产的事,也不知道他整个人因此颓废。他问妻弟为什么没结婚的时候,妻子只是说没有女人。他又问公司怎么样了,妻子说还凑合。他不知道凑合到什么程度,无奈妻子惜字如金,他也只能茫然猜测妻弟的公司遇到了困难。他跟妻子提起她,并不是为了让妻弟结婚,只因为她请求他把妻弟介绍给自己。果然不出所料,妻子勃然大怒。妻子越是气急败坏,他就愈加沮丧。看着妻子的脸色,他像是在辩解,现在流行国际婚姻,所以随口一说,如果不愿意,那就当我什么也没说。跟她也是敷衍了事,然后他就忘了。大约一周之后,妻子转达了妻弟想跟她见面的意思。他不知所措,只好安排他们见了面。结果就成了——

"就因为这个罪孽,你每天都给我打一个电话,让我听你诉苦。"

"有时还打两三次电话呢。"

"原来你也知道啊。要是我死了,很可能死于电磁波。"

"我也会死于电磁波吗?"

"你又没有手机。"

"那能怪我吗?怎么纠缠都不给我买,我有什么办法?"

"真是的,谁怪你了?我只是随便说说。"

"我想喝酒。"

他不太情愿地看了看她。尽管服务员不可能做出回答,不过他还是看了看服务员,又环顾四周。开玩笑吧?他问。她不置可否。原来你开玩笑啊?他试探着问,她却不肯就范。最后他拿出全部耐心,充满期待地问,真不是开玩笑?她以沉默作为回答。无奈之下,他只好认输,看样子不是开玩笑?认输之后,心情要比

/ 第1章 /

认输之前轻松多了。

他心情放松,端坐不动。这次是她主动搭话,问他是不是讨厌喝酒。他说不讨厌,只是白天喝酒不舒服。她说不理解,以前在万象,你不是一无聊就喝酒吗?他想了想,多少有些谄媚地说,那里是那里,这里是这里。她没有被说服。

"为什么?"

他哑口无言,看了看表。四点五分。时间太早了,不能喝酒,更不能喝完酒再回办公室。下班之前还有必须完成的工作。按常理来说,他应该回答No。但是,他犹豫了。面对着瞪大眼睛注视自己的她,他实在不忍心拒绝。他感觉是自己将她推入不幸,或者说没能阻止她坠入不幸,难免有些自责。如果就这样回到办公室,说不定会造成永久的悔恨。他沉默了很久。

"我想喝酒。喝杯啤酒吧,像从前那样。"

其实从见到她的瞬间开始,他就想喝酒了。看见大白天坐在街头椅子上的她,他突然想起在老挝的生活,想起和她悠闲地喝啤酒的情景,想起辣丝丝的木瓜沙拉,想起喝完啤酒后坐在椅子上享受慵懒午觉的情景。现在却因为害怕上司的唠叨而犹豫着不敢喝酒,真的好狼狈。怪不得她说自己是胆小鬼。不行吗?她面带凄楚地问道。看到这样的神情,他豁出去了,故意豪爽地喊道:

"怎么不行?好吧,走,走吧。"

望着她豁然开朗的脸,他先起身走出门去。

所有的菜都是她的选择。她说这是她在韩国吃过的最好吃的东西。鳗鱼。他们喝着烧酒,下酒菜是加入辛辣调料烤制的鳗鱼。不知道她怎么样,反正他的心情很悲壮。一杯又一杯,一瓶又一瓶。

夕阳西下,不知不觉间周围也黑了。原本只有他们的酒吧里多了客人,现在已经很难找到空位。穿过酒气、烟雾和喧嚣的噪音,她大声说着什么。还没到达他的耳朵,她的声音就被噪音吸走了。他身体前倾,大声问,你说什么?她扯着嗓子喊,我不想回家。这次他听懂了。为了表示听懂了,他点了点头,马上又意识到这个动作会让她误解,于是停下来。不想回家?他惊讶地问。是的。不回家,你去哪儿?她说不知道。无处可去,也不想去什么地方。他思忖片刻,用教训的口吻说,家是不想回也要回的地方。说完,他自己也觉得别扭。其实他也常常不想回家。他一饮而尽,她也一饮而尽。他帮她倒满酒,她也帮他倒满酒。

见她没有反驳,他以为她听懂了。想到她听懂了自己的意思,他又有些失落。既然这么快就放弃,为什么还要说呢?他故作泰然地问,你们两个发生什么事了吗?他说她脸上满是忧虑,所以这么猜测,而且遇到生气的事情,应该及时排解才不会生病。她说,其实……我出来之前,我们吵架了。吵架?是的。这么说,你是离家出走了?那倒不是。怎么不是?他问。她说,吵架是昨天夜里,今天我突然想起吵架的事,很生气,一生气就摔碎了两件老公喜欢的东西。摔完之后,家里到处是味儿,待不下

/ 第1章 /

去。他一头雾水地问,摔碎了什么?她说是烧酒瓶。

"那你出来是因为吵架,还是因为酒味?"

她说不知道。他叹了口气。看见他叹气,她说也许两种原因都有吧。

"那你是因为吵架而不想回家,还是因为摔碎了烧酒瓶,害怕被责骂而不想回家?"

她还是说不知道。后来她突然说,几天前哥哥扔电风扇,把电风扇摔死了。他并不吃惊。他已经很熟悉她的说话方式,再说下午已经足够吃惊了。他呆呆地看着她,说道:

"他不会摔你的。举不起来吧?你比风扇重好几倍呢。"

"那倒是。"

她笑了。他让她多吃,告诉她只能靠自己。酒吧里有噪音,不知道她有没有听清他的话。他们亲热地分享了三瓶烧酒,起身离开了。

她说要回家的时候,起先他也说应该回家。然而当她走上车道拦出租车的时候,脚步有些踉跄,最后瘫倒在地。他问,没事吧?她说好像有事。他问能不能回家,她说不知道。他低头看了看她,朝着驶来的出租车举起了手。出租车没停,他又低头看她。他坐在她身旁,偶尔心不在焉地冲着迎面驶来的出租车挥手。过了很久也没有出租车停在他们面前。他似乎很无奈地问,等醒酒以后再走怎么样?她说,好。

为了醒酒,他们选择了啤酒专卖店。四周墙边矗立着几百个啤酒瓶,感觉像神殿。能坐很多人的大桌子上也插满了啤酒瓶。尽管她喝醉了,看到这样的场面,还是瞠目结舌。他同样惊讶。他也是第一次来啤酒专卖店。离开韩国前还没有啤酒专卖店,回来后他已经老了,没有人带他来这种地方。他和她一样成为老挝土包子,环顾四周,连连感叹。很久没有体会这种同心同体的感觉了。他们坐在餐桌前,茫然地看着从全世界飞来的啤酒,太多了,不知道应该怎么选择。

"真了不起。"

他说道。什么?她问。

"这些家伙啊,为了和我们见面,需要乘坐短则两小时,长则十几个小时的飞机。你看它们沐浴斋戒之后躺在那儿的妖艳姿态。身体浸在冰里,微微露出脖子,诱惑我们。来吧,现在就开始旅行吧?我先去德国。"

他从冰块里嗖地抽出一瓶贝克,掀开盖子,开怀畅饮。一半入口,一半沿着脖子洒落。味蕾早已被烧酒麻醉了,除了冰凉之外,感觉不出任何味道。那也没关系。现在,他不是喝啤酒,而是喝德国,吸纳德国。灌啤酒的时候,他动员全部想象力描绘德国。从未去过的德国展现在他的眼前。当他结束德国之旅回到现实,她赌气地说:

"没有我们的酒啊。"

原本姿态妖艳的酒瓶凄惨地在冰面上滚动。还在冰里的时候,看上去那么凉爽,一旦被扔上冰面却又莫名地显得冰冷。我

/第1章/

们的酒?她话音未落,他立刻就听懂了。所谓我们的酒,指的是他们一起喝过的酒。冷却他的焦渴,使她忘记现实的酒;他们每次见面都不可或缺的酒,劳劳威士忌。

桌子上面没有。他缓慢地扫视着四周墙壁的啤酒神殿,依然没有发现。他只好叫来老板询问。老板说没有。没有,怎么办?他说。她本来正赌气,心情很快释然,开始了好不容易发现的中国之旅。她对中国怀有特别的感情,这和她的名字不无关系。

在她出生之前很长时间,还是单身汉的父亲便踏上了周游世界的旅程。这是她父亲生命中无数次旅行的开始,也是具有里程碑意义的第一次旅行。她的父亲首先到达中国大陆,百转千回又去了中国台湾。在台湾,她的父亲偶然遇到了阿美族。当时她父亲又累又饿,阿美族给他食物,还为他提供休息的地方。一个多月的时间里,她父亲吃饱喝足,得到了充分的休息。不仅如此,他还迷上了阿美族的传统舞蹈,偷偷地学会了。她的父亲不想回国,然而父母还需要他的赡养,他只好遗憾地离开了。回到家乡后,她的父亲结了婚,没多久就生了个女儿,取名叫阿美。

多么平淡的故事啊。然而正是这个平淡的故事,却让她对整个中国产生了痴情的向往。

他们周游世界,时间在不知不觉中流走,转眼就过了午夜。为了醒酒来到啤酒专卖店,两人非但没有醒酒,反而被啤酒瓶的华丽商标吸引,醉得更严重了。他们互相搀扶,互相依靠着走上街头,呆呆地站在啤酒专卖店门前,不知道何去何从。尽管喝醉了,他们仍然达成共识,不能让她在"这种状态"下回家。酩酊大醉的她不停地重复,哥哥把电风扇摔死了。然而在同样酩酊大醉的他听来,这句话变成了她的哥哥要把她摔死。也许她哥哥真的杀死她,当然不能让手无缚鸡之力的她回家。

他环顾四周。一盏霓虹灯发出强烈的光芒,映入他模糊的视野。一只眼睛努力聚焦,望穿秋水般仰望。终于看清字了。原来是旅馆招牌。他把她的胳膊搭上自己的肩头,搂住她的腰,艰难地走向旅馆。

早晨,他睁开眼睛,很快又闭上了。眼前的情景令人难以置信。应该快点儿清醒,处理难堪状况才对,然而他什么都没做。他们躺在床上,一丝不挂。腿贴着腿,他一手放在她的胸前,一条胳膊托着她的头。至少应该放下她胸前的手,他怕吵醒她,不敢贸然行事,可是保持这个姿势又过意不去。他看了看她的脸,轻轻抬起手,放在自己胸前。稍等片刻,见她没醒,他拉过被子帮她盖好。

他绞尽脑汁,还是什么也想不起来。他记得他们走进旅馆,叫醒坐着打盹的大婶,付钱,乘电梯上了几层楼,进入房间。较为清晰的记忆到此为止。她倒在床上,他摇晃她的肩膀了吗?他让她先洗漱再睡觉了吗?两个人都酩酊大醉,自己的身体都不听使唤,谁脱光了他们的衣服?

难堪极了。他醒来之后,她很快也醒了。两个人都躺着不

第1章

动,假装睡觉。他先起床穿好衣服,去了卫生间。他站在镜子前。心里真想挥起拳头砸碎镜子,像电视里那样潇洒地流血,当然只是想想罢了。他的眼睛盯着鼻子下面一夜之间冒出来的黑乎乎的胡子。心里想的是以后怎样面对孩子,脑子里却想着歪歪扭扭胡乱冒出的胡子会不会显得很脏。彻夜不归,怎么跟妻子解释呢。看着红肿的眼睛,他担心上班时血丝不会消失。正巧在洗漱台上发现了剃须刀,既然已经这样了,他决定一边刮胡子,一边理清思绪。

* * *

她起身,他才能跟着起身。她回家,他才能回公司。她回到丈夫的怀抱,他才能回到妻子的怀抱。也就是说,她不起身,他也不能起身。她不回家,他也不能上班。她不回到丈夫的怀抱,他也不能回到妻子的怀抱。不过她没说自己不起身,不回家,不回到丈夫的怀抱。

"我好怕。"

他的视线投向窗外。她说害怕,他却不能说别怕,也不能说我保护你。她害怕的对象不是他,保护她的人也不是他。可是他总不能什么也不说。为了找到合适的说法,他绞尽脑汁。本来就因为宿醉而头痛欲裂,现在更痛了。饱受痛苦之后,他终于想出合适的说法。百口莫辩。

百口莫辩,这句话再恰当不过了。她能听懂吗?想到这里,他不得不放弃好不容易想出来的话。他都好不容易才想出来,她不可能听懂。

"我要回家了。"

他没有立刻作答。庆幸的同时,他又为她要回家而失落。看看表,上午十一点刚过。她站起来。他犹豫片刻,问她家里有没有饭。那个瞬间,他期待的答案是没有。她说应该会有。昨天从家里出来的时候有饭,应该还没动。会不会被你老公吃了?他问。回答是,哥哥晚上不吃饭。不吃饭?他反问。他喝酒。他站在窗前,她站在门口。他期待她走,却不肯说出口。她说着回家,却不肯出门。

"我们去金浦吧?"

这样说的瞬间,他猛然一惊,她轻轻颤抖。站在窗前的他和站在门口的她面面相觑。金浦在哪儿?她问。金浦离这里很近,他回答。金浦有什么?她又问。不知道,也许什么都没有,他回答。见她犹豫着不想回家,他以为她会喜欢这个建议,没想到她并不高兴。他有点儿着急地从窗边走过来,问道,反正你老公要到傍晚才回家,有必要提前回去担惊受怕吗?一个人待着,只会胡思乱想,更痛苦。要想尽快忘记,就不能让脑子休息,而是要多活动身体。四处游转,多看风景,脑子会变得复杂,不再专注于一个问题。既然这样……他卖了个关子。她说好。他不喜欢"既然这样"的说法,然而说出这几个字的瞬间,气氛发生了变化。本来

/ 第1章 /

是他安慰她,现在变成了她为了他而不得不同意。不过,好就是好,他自我安慰,同时为了捍卫最后的自尊,严肃地说,那就去吧。他先走出了房间。

从梦中醒来的他急忙闭上眼睛,睁开,又闭上。惊讶已经比第一天少了,只是没有彻底消失。最先浮现在脑海里的词语是"不可救药",其次是"泥沼",然后是"自暴自弃"。再然后就想不起来,不去想,也不能想了。

喝酒本来是为了给她勇气。她必须回家,所以需要勇气,能在最短的时间内让人勇气"暴涨"的只有酒。她说去小区超市也要得到丈夫的许可。为了应付丈夫,为了面不改色地编造夜不归宿的谎言,为了变得无耻,她不得不借助酒精的力量,不得不学习喝完酒后像狗一样打架的精神。他们喝酒不是为了买醉,但是他们喝醉了。比前一天醉得更严重,记忆也比前一天更短暂。

即便在如此慌乱的状态下,他还是觉得她的乳房很漂亮。一如想象的那样,大小适度,软硬适度。曾经那么渴望得到,最终也未能如愿,现在不能拥有的时候却飘浮在眼前。他叹了口气。尽管如此,既然如此,反正已经这样了,他期待至少留下点儿记忆。好像碰过她的身体,却又完全想不起手上的触感;好像在她身上挥汗如雨,却又根本想不起那个瞬间是什么样的心情。他觉得委屈。像冒着被打死的危险从母亲钱包里偷钱买了冰激凌,可是一口没吃就掉到地上。太荒唐了。这样的时候,内心对冰激凌的渴

17

望会更强烈。如果再次得到机会,他会尽可能长时间地品尝。想到以后吃不到冰激凌,当然会努力长久地记住冰激凌的味道。但是,他选择她,放弃现在的生活,却不是出于这样的理由。

他以为她在睡觉,她低声说道:

"带我走吧,随便什么地方。"

他没有回答。刹那间,他已经在心里做出决定。她说出这句话的瞬间,一切都已成定局。他同意了,而且付诸行动。反正已经闯了祸,后悔也来不及了。何况不是一次,而是两次。努力收拾"一次",却又增加了"一次"。他不敢保证会不会出现第三个"一次"和第四个"一次"。他决定不与命运对抗。既然已经注定,那就接受吧。不对抗,接受,这也是他最擅长的事情。

第二次的早晨,睁开眼睛的瞬间,他的世界,也就是妻子和孩子们已经飞快地离他而去了。决定权不在他。他要做的只有为自己能负责的事情负责。他能负责的就是躺在眼前,哀求他带自己随便去什么地方的她。他紧紧抱住她,表示同意。

利用午休时间,他避开别人的视线溜进办公室,成功地拿出提包,然后去客运站,坐上最快出发的大巴。下午从首尔出发,刚过傍晚就到了釜山。为了安抚辘辘饥肠,他们下车就吃晚饭。他和她都很狼狈。两天的暴饮让他们满脸通红,眼神空洞,头发蓬乱。没有灵气的眼睛就像面条碗里煮熟的韭菜,总是下垂,脑子也不清爽。他们就这样坐在客运站的餐厅里,伸出颤抖的手,吃力地捞着面条。看到自己这个样子,他有些恼火。她在旁边,如

/ 第1章 /

果他闷闷不乐,她也会不开心。他对自己,也对她说,没事儿。说完这句话,感觉好像真的没事儿了。

吃过晚饭,疲惫汹涌而来。她呵欠连天,马上就能倒头大睡。他们哪儿都不知道,也没有想去的地方。没有想去的地方,也就是随便去哪儿都无所谓。他带她去了客运站附近的旅馆。本来没想这样,最后却稀里糊涂地住了一周。在这个有人离去就有人回来的地方,他抽烟更多了,她的话头更少了。

从客运站附近的旅馆搬到海云台附近的酒店是出于自尊。转移住处之前,他给公司打电话申请休职。上司很难缠,他苦苦哀求,编造了虚假的借口,反复解释不能当面申请的原因。他在公司工作二十多年,想不到会是这样的结果。他倍感失落,然而当务之急是让对方接受自己的休职申请,因此没有忘记保持诚恳的态度。他把休职时间从一年缩短到六个月,得到的答复是,试试看。

"我不知道结果如何,不过我会试试看。"

突然搬出住了一周的旅馆,无非是证明自己有能力入住海云台附近的酒店。他想以这种方式恢复自信。享受着服务员们的热情接待,在美好的地方睡觉,吃着可口的食物,看着美丽的风景,感觉自己好像变成了尊贵的人,心情好了许多。可是,尽管如此,内心深处的角落里还是盘踞着不安,也许妻弟会突然冒出来。

　　　　　＊　　＊　　＊

　　"我们,乘船去日本怎么样?"

　　这是即兴而来的想法。听她说想去看海的瞬间,他想起在酒店大堂里看过的观光手册。如果乘船去日本,沿途就可以尽情看大海了。原以为她会喜欢,没想到她无精打采地反问,日本吗?

　　"怎么,不喜欢?"

　　"不是。"

　　"不喜欢就说不喜欢。"

　　"不是不喜欢。"

　　"那你怎么这个语气?无精打采的。"

　　她没有回答。他先平复自己要发火的心,然后对她说,日本是离我们很近的国家,越过大海就到了,短期内可以避开妻弟的视线。她还是不说话。他看着她,她望着波澜不惊的海云台海面。他等得不耐烦了,终于忍无可忍地喊道:

　　"好!别去了!不喜欢就不去!不去行了吧!"

　　"是的,我不喜欢,行了吗?"

　　"你……后悔了?"

　　"什么?"

　　"和我在一起。"

　　问完之后,他立刻就后悔了。他等她说不是,最终也没听到回答。她似乎很生气,却假装若无其事,同时又在胡乱发泄自己

第1章

的愤怒。他不明白为什么,整整一天都在和她的愤怒情绪做搏斗。他委屈又愤恨,终于勃然大怒:

"我后悔!后悔得要死!"

吼叫是吼叫,但他并不恨她。发火的对象也不仅是她,也许更让他难过的是妻子。从三天前到现在,他的手机显示有四十四个未接电话。五个是有关业务交接的公司电话,他没接到,后来又打了回去。其余的都是妻弟,也就是她丈夫打来的电话。妻弟打电话不是为他,而是为自己的老婆。他的老婆呢?一个电话也没打。他已经两周没回家了,妻子却漠不关心。

他很委屈。卖命工作的人是他,真正管钱和花钱的人却是妻子。以前在炎热的国家挥汗如雨,回到韩国看上司的脸色卑躬屈膝,他的腰都累弯了,而妻子的眼光却越来越高。制造孩子的人是他,而被孩子们逗得哈哈大笑的人却是妻子。养活全家的人是他,而孩子们围在妻子身边,完全无视他的存在。孩子们的童年记忆里也没有他。

哪怕妻子打一个电话,他说不定也会恳求妻子饶恕,然后回家。为了她一句带我走吧,随便去什么地方,他抛弃了一切。也许妻子的一个电话会让他回到从前的家长位置,继续像老黄牛似的埋头工作。

"早知如此,还不如在老挝的时候就做了。"

她从海面收回视线,注视着他。

"神不知鬼不觉,根本不算什么问题,无须自责,也不用跟上司求情,更不用逃跑,不是吗?"

她板着的脸终于舒展开来,笑着说:

"走吧。我也想去日本,还想看海。"

"你怎么张口闭口就是大海?我后悔了,后悔我们没能更早、更理智、更有计划地做事!"

"如果有机会,你肯定会做。是谁缠着我说就一次的。"

"好,就你好。你是天使,我是狗!行了吧?"

"我想妈妈了。"

她说出这句话的瞬间,他立刻泄了气,刚才的兴奋荡然无存。他的母亲也独自一人。父亲年轻的时候就失踪了,母亲独自躺在没有日照的荒山野岭。他没能为母亲送终。母亲埋葬在妻子匆忙挑选的地方。他只勉强赶上了三日祭。

我也是。他看了看她,说道。她点了点头,表示理解。看到她这样,他的气都消了,问她为什么整天心情不好。

"酒店的人们总是看我。"

这回是他点了点头,然后突然想起什么似的问道:

"不去日本了,我们去老挝吧?"

"去日本。"

"那里也会有人看你。"

"没关系,那是和我没有关系的国家。"

"那好,我们去日本吧。到了那里再想以后怎么办。"

他们站起身来,呆呆地对视片刻,终于挪动了脚步。站在沙

/ 第 1 章 /

滩尽头,他们脱下鞋子,用手拍了拍,抖掉鞋里的沙子。谁都不说话。抖完一只鞋子,再脱下另一只。抖落的沙子比想象中多。有人看着他们,他们却不知道。抖完沙子,他们换了袜子。做完这些,他们离开海云台,走上大路。正好有出租车驶来,他猛地举起了手。后座的车门敞开着,他们又呆呆地看了看对方。她先上车,他也跟着上车。出租车开走了。

第 2 章

他们消失了。某一天,突然,又同时地消失了。一个是姐姐爱过的人,一个是哥哥努力要爱的人。姐姐和哥哥深受打击,陷入迷茫。我无法相信。我也不愿相信。我不能说对他们了如指掌。一个人,我曾经很了解,后来分开久了,已经不太清楚了。另一个人,我一无所知。现在,我能说的就是这两个人我都不了解。当然,我还是不愿相信。如果我相信了,会有太多人变得不幸。

* * *

正午时分,姐姐打来电话,深深地叹气。明明知道她有事,我还是问了句,你没事吧。我想不出别的话。

"他们跑到日本去了。"

我说我知道。姐姐并不吃惊。我说我去了趟釜山。姐姐有

第2章

点儿惊讶。

"你去那儿干什么?"

我是想亲眼确认,却又不能这样说。没什么,我说。我说没有发现他们的详细行踪。姐姐生气了,大声说,我不想知道。我说我就知道,所以只探听到他们的最后行踪。姐姐没有出声。漫长的沉默。

当初我也没打算去釜山。起先我不知道他们在哪儿,没法去找。后来得知他在釜山,也没打算马上去找他们。他在釜山用过手机,还不能说他们肯定在一起。我仍然不愿相信。可是转念又想,总不能坐在不确定的猜测和臆想里什么也不做吧。既然有侦探代替哥哥前往,那我也应该代替姐姐出面。这是我的义务。这样似乎才公平。当然了,我也想亲眼确认真实情况。

刚到釜山,我就去了客运站。根据手机位置追踪结果,他或他们在釜山。我从哥哥那里只得到这条信息。他或他们没开车,最有可能的是乘坐大巴或火车。

我先去了客运站。药店、花店、面馆、寿司店,我四处转悠,到处打听,还出示了照片。直到这时我还不确信。怀着侥幸心理,我只是拿出他们各自的照片。不一会儿,有人说看见过他们。不是他或她,而是他们两个人,说他们在自己的饭店里吃了面条。他们吃了两碗面条,用支票付款,为此还跑到别的店里给他们换零钱。我强忍着,差点儿没瘫坐在地。那一刻,怀疑变成了事实。姐姐和哥哥早就放弃了对他们的信任,现在轮到我了。

店主们窃窃私语,打听他们做了什么错事,又问我是谁。我无法回答任何问题。不过,有一点确信无疑。他们很引人注目,容易被人们记住,经久不忘。因此,打听到他们的行踪并不是很难,甚至非专业的我也不难做到,只须付出少许辛苦。

确定他们是乘坐大巴到达之后,我又去了客运站门前的出租车站。我能做的仅此而已。出示照片,问司机有没有载过他们。出租车司机们说好像没有,不过他们并不放弃,而是给同事打电话询问。同事们又打电话给其他的同事。

出租车站的汽车不断变换。一辆车载客离去,立刻又有另一辆车开过来,填补空位。我无处可去,静静地站着。我不知道该去哪里。

过了一会儿,一辆出租车驶来,停在我面前。我不是要打车的客人。我站的地方也不是排队的位置。我摆了摆手,示意自己不坐车。这时,司机下了车,朝我走过来。他要看照片。他说接到电话,不太确定,于是跑来问问。我从包里拿出照片给他看。应该是他们,司机说。

"他们不是在客运站上车,而是在市中心,不过肯定是他们。"

司机自信满满,仿佛在炫耀自己擅长记住人脸。他说,他们两个好像吵架了,为了让他们和好,他不停地找话说,他们却不怎么回应。当时他还感叹,现在的世道真好,只要有钱就能找到比自己年轻很多的女人。出租车司机记得他们下车的位置。很不凑巧,他们遇上了记性好的司机。当然,他们的确是不管走到哪

第2章

儿都引人注目,而且经久难忘。也许他们逃跑失败就是这个缘故。

"到底为什么要去日本呢?"

不停喘粗气的姐姐突然大声说道。好像很生气的样子,可是我无话可说。姐姐也不期待我的回答。见我不说话,姐姐说,都是钱惹的祸。我依然没有回应。我应该接住茬儿让姐姐尽情发泄愤怒,然而我做不到。因为我想起以前他喝酒晚归时姐姐恶狠狠横加指责的模样。我没有接住茬儿,而是转移话题,告诉她我在釜山偶然遇到了侦探。

"然后呢,怎么样?"

姐姐果然有兴趣。

遇见侦探是在釜山国际航站楼。确认他们的行踪之后,我来到航站楼外,呼吸点儿新鲜空气。心里好郁闷。即使有护照,我也不想追到日本,然而想到因为护照问题而去不了,我还是感觉茫然若失。我正站在门前深呼吸,有人碰了我的肩膀。转头一看,那里站着个侦探。侦探拿手帕擦拭脖子上的汗水,瞥了我一眼。透过表情不难看出他碰我肩膀是有意还是无心。他应该没见过我,却不能保证他不了解我的存在。我也是偶然见过他。那是我去哥哥家,刚到门口又想转身回去,恰好看见他从大门里面走出来。那一刻,我知道他是谁了。我听哥哥说过要雇侦探,再说他浑身上下都散发着跟踪者的气味。他用不必要的警惕目光环顾四周,我不由得心生揣测,难道他是故意的?

"找个地方,喝着冷饮聊吧。太热了。"

他只说了这句话。既没说认识我,也没说不认识。我也没说什么。六月初的天气,侦探却流了那么多汗。真有那么热吗?的确有点儿热,然而还不到湿透手帕的程度。我摇了摇头,猜测他是不是哪儿出了毛病。同时我也有点儿怀疑,身体都不好,还能顺利完成任务吗?侦探转身走了。我仔细观察他走路的样子,好像有点儿歪歪扭扭,微微驼背,黑发中夹杂着不少银丝。

走在前面的侦探停下脚步,转头看我。我跟上来,他才继续前行。我停下来,他又回头看我。眼前人来人往。语调像打击乐器的人们成群结队地走过,有那么几秒钟我看不见侦探了。我站着不动。不是因为看不见侦探,而是我突然明白了。人群走过之后,我终于看见了满脸惊讶的侦探。我没有走过去,他也没有继续向前。我们互相看着对方,仿佛都在等着对方先动,仿佛在赌气,你先行动,我才行动。我们静静地站着。几秒钟过去了,侦探终于认输,朝我这边走过来。

"怎么了?"

分明是挑衅的语气。

"没什么。"

"什么?"

"去了那边,也不会有什么。"

"你怎么知道?"

/ 第 2 章 /

"来的时候看过了。"

侦探恍然大悟。若想有所发现,至少要走几十分钟。再加上回来的路,应该驱车前往,否则只能回到航站楼。我可不想为了和侦探说几句话而乘车去市中心,再说那边路况也不熟悉。我转头去看航站楼。

我们来到二层,走进侦探指的餐厅。反正已经这样了,侦探说。我们坐下,他点了汤饭,我把从自动售货机买来的咖啡放在面前。

你不问问我是怎么知道的吗?侦探问道。他刚坐下就喝了两杯水,又用擦手的湿毛巾擦脸。我感觉有些龌龊,不过这种场合似乎不适合说这种话,于是忍住没说。我问了他期待的问题,你怎么知道我?

"我跟航站楼的职员打听,他们马上反问我是不是警察。我只是问能否告诉我他们的目的地。还没等我回答,他们就告诉我了。这意味着在我之前已经有人来过,撒下了诱饵,而且多得超出我的需要。"

我还以为他感谢我帮他节省了时间和精力。不客气,我准备好了这句话,不料侦探转移了话题。我准备好的话没能说出口。

"不仅如此,你知道我去客运站的时候是什么情况吗?我只说了一句话,店老板们就纷纷围过来,异口同声地说见过。照片都不用拿出来。出租车站也是这样。不是自己拉过的客人,却都知道他们去了哪儿。这意味着大家已经谈论过他们,也就是说前面有人来过。"

这句话也被我听成了赞扬。我不是专家,却发挥出不逊于专家的水平。

"我怎么知道是你呢?没有报警的情况下,知道他们在釜山的人只有家属。我想起你在高速服务区盯着我看的面孔,还有照片。我在当事人给我的婚礼照片上发现了你。不过很小,还很模糊,我不确定照片上的人是不是高速服务区里的你。我问了航站楼的职员,他们说在我之前,有位女记者来过。那么你很可能还在航站楼,说不定藏在某个地方看着我。我试探着走出航站楼,你紧跟着就出来了。"

我想说真不该跟出来,却欲言又止。我正要说的瞬间,汤饭上来。这让我错过了时机。侦探似乎是饿了,急匆匆地舀了几勺汤饭,塞进嘴里。

"说实话,我心情很糟糕。"

我放下咖啡,眼睛直勾勾地盯着侦探的脸。我翻来覆去地回忆今天的行动,像在鸡蛋里挑骨头似的寻找错误,还是没有找到。

"怎么说呢,感觉自己的领域受到侵犯?你信不过我吗?"

我想了想,回答说,不是。

"那为什么要这样?"

"一定要说吗?"

我反问。脑子里很乱,我没有信心表达清楚,而且也不想。最重要的是,我懒得说话。我想我没有必要逐一向侦探报告。侦

/ 第2章 /

探的想法似乎和我不同。

"当然,因为我问你了。"

侦探说。我放下纸杯,盯着他的脸。

"我为什么要说?"

刹那间,侦探似乎有些慌张。因为这是我的事,他说。

"也是我们的事。"

侦探不得不点头,随后又发牢骚说,既然这样,为什么还要雇侦探,你知道被人监视是什么感觉吗?

"你好像因为自己偶然走到了侦探前面而得意,其实我们的工作没那么容易,都要冒着生命危险去工作,我们。今天你的运气棒极了。假如我先从首尔出发的话……"

"您要是吃完了,我可以先走吗?"

我把手里的纸杯叠起来,问道。

"不行,你还没道歉呢。"

我默默地叹了口气。远在釜山,我竟然因为鸡毛蒜皮的小事和侦探争执,自己都觉得很没劲。侦探的举动实在是不可思议,简直可恶。明明知道当事人的家属是什么状态,却还在拼命维护那点儿微不足道的自尊。我又叹了口气。侦探观察着我的脸色,打起了马虎眼:

"啊,开玩笑,玩笑。道什么歉啊,开个玩笑罢了,你怎么那么严肃。我这么说是想拉近我们的距离。对了,你还会再来吗?"

"……?"

"我是说釜山。他们不是一周后回来吗？"

"不，我不来。"

"为什么不来，看看热闹呗。"

说完，侦探露出后悔的表情，含糊地承认自己说错了。然后他拿出手机，使劲按下号码。通话很快就结束了。几句报告连着短暂的沉默。

"让我等到他们回来。我还想趁机去趟日本呢。"

说着，侦探瞥了我一眼。大概是想看看我的反应，然而我已经无力做出反应了。我只是有点儿意外，脾气暴躁的哥哥竟然让侦探等到他们回来。我还以为他就算抽回租房担保金，也要让侦探跟踪到底。

"是不是太洒脱了？"

侦探悄悄地打量着我的脸色，说道。

"老婆看上别的男人，私奔了，他还老老实实地坐着干等，这像话吗？"

别说日本，哪怕是非洲，也要把他们追回来，不是吗？趴在地上碰到鼻子，老婆就在不远处，过了大海就行，他竟然眼睁睁地看着不管，真让人郁闷。见我没有回应，他问我怎么想。

"还能怎么想？那家伙是个疯子。他算什么东西？凭什么管别人要不要追。侦探没能尽到侦探的本分，还不及你的进度？"

果然不出所料，姐姐大发雷霆，在我铺好的席子上尽情发

/ 第 2 章 /

泄。我承认,对于侦探的描述,我也有自己的主观感情。本来就是这样,彻底收起主观感情根本不可能。反正姐姐要找个人发泄愤怒,对我来说,这个对象是侦探更好。

"正孝做得或许不对。"

姐姐指的是雇佣侦探这件事。如果没看到,我不敢说,现在我已经见过侦探了,所以对姐姐的话非常认同。我无法信任侦探。甚至怀疑哥哥的选择是否值得信赖。然而哥哥已经决定了。在哥哥改变主意之前,谁也无可奈何。另一位当事人,也就是姐姐,没有采取任何行动。因为孩子?我这样推测,却又不敢确认,更不能问姐姐为什么不采取行动。这个问题本身会成为另一种伤害。

"如果能通过这种方式发泄愤怒,也算是万幸了。"

说完这句话,我恍然大悟。我不能只站在哥哥的立场上思考问题,还要考虑姐姐的立场。也许姐姐并不想发泄,毕竟是一起生活了二十年的人,又是孩子们的父亲。我屏住呼吸。可是姐姐,她叹息着说,事到如今,不知道这一切还有什么用。既然那么生气,那么委屈,直接去起诉好了,雇什么侦探啊。即使有感情,经过这件事之后,感情也早已荡然无存,抓回来又有什么意义?姐姐发牢骚说。她还说,这样的丈夫,这样的父亲还不如没有更好。嘴上这么说,声音却有气无力,像放置已久的马格利酒,真液已沉淀,只剩下清澈的上水。

"我们太傻了。不对,我太傻了,早就该看出来,结果毁了正孝。我还有什么脸面对正孝。"

话筒里的姐姐又叹了口气。叹息之后,姐姐说起孩子们的事情。她说她担心汉秀。姐姐智秀今年上了大学,汉秀正在读高二。姐姐担心的是汉秀明年的高考。在此之前,一切都要保密。说到这里,姐姐的声音突然变得很有力量。我说这可能吗?不是一两个月,想要隐瞒一年多恐怕不容易。我说得小心翼翼。

"以后知道了,刺激会加倍,还不如现在说出来更好,不是吗?"

"我也不知道。"

姐姐说脑子纷乱如麻,什么决定也做不出来。客厅该换夏季窗帘了,可是到现在还没决定什么样的窗帘。冬天的窗帘摘掉了,春天就没挡过窗帘。现在阳光太热,必须挂夏季窗帘才行。去了窗帘店就神情恍惚,眼前一片茫然。我真的很为姐姐担心。听她这么说,我不能再无动于衷了,于是说我帮她选。我还说,我会买来帮她挂上。我以为听我这么说,姐姐会很开心。姐姐却说不用了。她说儿子很挑剔,也不相信我的眼光。我很失落,不过毕竟是那样的情况,我也就没有表露。

"你受苦了。"

说完窗帘的话题,姐姐冷不防地说了句你受苦了。这是什么意思呢。

"跑到釜山一趟。"

不过是去了趟釜山,这么说有点儿过分。再说我去或不去,

第2章

结果都一样。侦探和我都失败了。结果很悲惨。我用力握住手,手里一无所有。他们去了日本,我们只能无助地望着大海彼岸。尽管不是我的错,我却感到惭愧。所以我说,去趟釜山算什么受苦。很快我就明白了,"你受苦了",这句话还包含着别的意思。

"短期内我没脸见正孝,他应该也不愿见我。怎么办呢,还是你去看看他吧,有时间吗?"

刹那间,我无以作答。理性捂住了我的嘴,几秒钟后才放开我。我平静下来,说我会去看哥哥。真实的想法却是我不想去。我不想去。我也不愿见哥哥。上次已经走到哥哥家门口了,我又转头回来。我不能拒绝姐姐。我想帮姐姐挑选窗帘,也被姐姐拒绝了。这种情况下,不管什么事,只要能做到,我都应该为姐姐去做。我说我会去的。姐姐已经说过我受苦了,所以没再说辛苦或感谢之类。

"要不要顺路到我这里来一趟?我做点儿东西给你。"

我说我在超市随便买些就行了,说完又觉得这话可能引起误会,于是解释说今天还有一幅插画要交。这是事实。我说我已经信誓旦旦地应承下来,绝对不能违背承诺。这大概也是事实。尽管算不上信誓旦旦,不过也的确许了承诺。负责人让我不要拖延时间,我答应了。可能这幅插画不能拖延,那就不要拖延好了。和负责人通电话的时候,我是这样想的。

"那好吧。"

我千方百计寻找借口,没想到姐姐回答得那么简单。我很惭愧。为了减轻愧疚感,我想再多说几句。姐姐说,挂了吧,说完就真的挂断了电话。手机里什么声音都没有了。我没有立刻放下,而是心虚地看着手机,直咂嘴巴。

哥哥越来越陌生。我既心疼,又害怕。揭开亲人的遮羞布是最尴尬的事情。以前哥哥总是训斥我,说我连个像样的工作都找不到,好不容易找到工作,也做不了太久,总是换来换去。相比之下,我还是更喜欢从前的哥哥。那时候,哥哥经营一家生产汽车配件的小公司。规模很小,营业额却不少。哥哥的大话来自于他的营业额。后来公司倒闭,哥哥失去了所有财产,好不容易保住了一间房子。那是两年前的事了,错不在哥哥。哥哥的公司处于连锁倒闭食物链的最底层。如果说哥哥有错,那就是他的公司属于转包企业的转包企业。如果倒闭是出于哥哥的过错,如果真是这样的话,哥哥恐怕不会如此颓废,也不会如此委屈和愤怒。看到哥哥,我才知道愤怒也是力量。哥哥把愤怒产生的力量用于自身,不遗余力地摧毁自己。

挂断电话后,我继续在书桌前坐了会儿,什么都没做。我看着进入待机模式的电脑屏幕。屏幕里住着一条鱼。无名之鱼的嘴巴噘得溜圆,吐出水泡,酷似吸烟人吐出的烟圈。突然,发射水泡的鱼转身朝向我。腻人的微笑,或者阴险的微笑,鱼的嘴角向上扬起。整整三秒钟之后,鱼垂下眼睛,嘴巴前凸,朝我这边抛来飞吻。换作平时,我肯定会笑出声来。

然后是压轴戏。鱼不满足于飞吻,挣扎着要冲出屏幕。正如

第 2 章

鱼缸里的鱼会撞到玻璃,屏幕上的鱼一会儿撞到右侧,一会儿撞到左侧,一会儿又撞到屏幕中间。每当这时,鱼头上都会增加一条创可贴。后来,鱼头上已经粘满了创可贴。鱼终于放弃逃跑,看着我,凄凉地流泪。那么恳切,一副希望得到同情,求我高抬贵手的样子。

这个Flash出自男友之手,那已经是三年前的事了。为了让我开心,他特意给我做了屏保。画不出来的时候,我就看着这个Flash嘿嘿傻笑。有时跟男友生气,也会因为鱼而悄然化解。犹豫着要不要和男友分手的时候,鱼也发挥出强大的力量,不许我分手。去年,我终于和男友分手了,却没有和鱼分手。看了好几年,有时我甚至误以为自己在养一条有生命的鱼。每到吃饭时间,我自己吃饭,而鱼饿着,我会心生歉疚。有时我一边喝啤酒,一边对鱼大发感慨。

该站起来了,可是我失魂落魄地坐着,茫然地盯着鱼儿。鱼儿很阴险地冲我飞吻,头撞上屏幕,增加了一条又一条创可贴,我也没能笑出来。

我想起第一次见面时,阿美灿烂微笑的脸庞。看到她的微笑,我想到的是谢天谢地。谢天谢地,阿美是个爱笑的人。她的微笑会让哥哥发生变化,谢天谢地。现在哥哥阴沉着脸,迟早也会被她的微笑感染,哥哥的脸上总会绽放笑容。难道我是在自己的立场上把事情想得太简单了?

* * *

哥哥和阿美是去年十二月份结婚的,的确有点儿匆忙。两人通过姐夫的介绍认识,一个月后就结婚了。尽管比飞到新娘的国家见个面就举行婚礼好些,然而哥哥和阿美也是没有过一次像样的约会。你喜欢就好。嘴上这么说,姐姐对阿美却并不满意。介绍他们认识的姐夫也劝他们相处一段时间再做决定。可是谁也拗不过固执的哥哥。阿美同样很着急。如果说哥哥是在前面极力牵拉的人,那么阿美就是在后面积极推动的那个人。不管哥哥问什么,阿美都回答,是。她似乎弄混了"是"和"不是",分不清什么时候说"是",什么时候说"不是",要么就是脑子里只输入了"是"这一个答案。相识、求婚和百年之约闪电般完成,阿美的家人也就没能参加婚礼。

哥哥为什么那么着急呢?结婚的时候,哥哥三十八岁。三十五岁之前的青春都献给了公司,公司倒闭后,哥哥一直处于愤怒和绝望之中,始终孤身一人。三十七岁之前,哥哥似乎对结婚这个问题很淡定,甚至到了自暴自弃的程度。姐姐的唠叨也无济于事。为什么突然这么着急结婚?我没有听到任何解释。

做出决定的人是哥哥,真正马不停蹄操办的却是姐姐。哥哥只是做出决定而已,却懒于为结婚做准备。最后姐姐着急了,只好亲自出面。最大的问题是婚礼场地。仓促之间租不到合适的地方。姐姐为了租婚礼场地四处奔走。我给亲戚们打电话,反应

/ 第 2 章 /

如出一辙。这么快就有孩子了吗？我说没有。新娘多大？二十七岁。亲戚们又问，是不是新娘嫌弃你哥哥年纪大，所以着急结婚？我说也不是。亲戚们有很多疑惑。几年前父亲去世，不久后母亲也去世了。从那之后，这些亲戚连电话联系都没有过。亲戚们问，新娘是个什么样的女人？我哑口无言。我只见过阿美一面，对她一无所知。那天阿美冲我们家人露出灿烂的笑容，我们的笑容则是若有若无。姐姐觉得阿美是外国人，我觉得她比我小五岁，嫂子这个称呼叫不出口，彼此感觉很尴尬。我想回避的时候，阿美趴在我耳边窃窃私语：

"叫我阿美好了。我喜欢别人叫我名字。"

她大概看出我说话吞吞吐吐，努力省略她的名字。别看来韩国不久，阿美的韩国语说得很流畅，对家庭成员间的称呼也很熟悉。我好奇地看了看阿美，说，我知道了。阿美又笑成了一朵花。

我不能跟亲戚们说这些。他们问新娘是什么样的女人，我回答说不知道。亲戚们不会就此罢休。他们换了问题，新娘家是做什么的？我只听说阿美有母亲和弟弟，不知道他们做什么。我又说不知道。亲戚们很顽固。他们又换了问题。哪里人？这个我可以回答，老挝人。亲戚们比听说哥哥几天后结婚的消息更加惊讶。老挝？老挝是哪儿？新娘是老挝女人吗？为什么？正孝哪里不好？我一句也答不上来，便以忙着准备婚礼为由挂了电话。

最后，姐姐租到了自家社区的国民会馆。为了租到那个会馆，姐姐动用了所有的人脉，也为自己拥有这样的人脉感到无比骄傲。

"刚开始说时间太紧，不行，于是我托了关系。我和我们社区那些说话管用的夫人亲如姐妹，当然我自己的水准也差不多，否则也不行啊。"

尽管哥哥和阿美不愿意，然而姐姐还是坚持给哥哥订了套正装，又给阿美订做了韩服。哥哥的正装和阿美的韩服穿在身上都很别扭。穿上正装的哥哥显得更加衰老了。干枯黝黑的脸，弯曲的后背，晚秋落叶般的头发。两年时间，哥哥的变化太大了。穿上正装，以前没感觉到的变化也清晰地暴露在眼前。衣服和哥哥水火不容。比起哥哥来，阿美还算好的。起先觉得穿韩服的阿美很陌生，过会儿就适应了。阿美似乎也习惯了韩服，行动变得自然了。

客人不多。只有我打过电话的二十多位亲戚，还有阿美在韩国结识的三四个外国朋友。姐姐婆家的亲戚没有通知。姐姐说她不想。当然也没通知哥哥的朋友。哥哥说没有谁值得通知。礼堂里空荡荡的。亲戚们一到礼堂，就在新娘等候室里转来转去。那天，阿美笑得很灿烂。三四个外国朋友陪在阿美身旁。亲戚们皱起眉头。我都分不清这是韩国还是东南亚了，有人说道。我跟亲戚们说，韩国语她都能听懂。有人大吃一惊，有人觉得新奇，也有人露出理所当然的表情。

亲戚们虽然没有露骨地盯着阿美看，不过也的确在仔细观

第 2 章

察,然后过来对我说,比越南那些地方还黑,是不是?我说不知道。有人过来说,如果父母在世的话,肯定不会同意。我说,我的父母也拗不过哥哥。哥哥本来就是倔驴。又有人过来问,把阿美带到韩国花了多少钱?我说没有人带她来,也没有花钱。听我这么说,有人惊讶地问,这么说,这个女人是免费的?这个问题出乎意料,我想了会儿说,哥哥也免费。我把站在走廊里议论纷纷的亲戚们赶进礼堂。

婚礼很快就结束了。这是哥哥事先提出的要求,希望主婚词不要超过十分钟。我问为什么,哥哥说太累。妹妹为了他的婚礼付出那么多,他却说这样的话,未免太没有诚意了。哥哥似乎也觉察到了,补充说,多烦啊。嗯,我说,似乎明白真正的原因是什么。哥哥害怕那种别扭的感觉,别扭的关系,以及别扭的视线。哥哥已经与世隔绝很久了,平时也很少出门。亲戚就不用说了,面对婚礼负责人也会感觉不舒服。按照哥哥的要求,主婚词在十分钟之内结束,大家照合影,没有拜长辈。亲戚们很失望。哥哥带着新娘去了餐厅,大家也就没有抱怨。

餐厅里,每张餐桌上都摆放着排骨汤、生鲽鱼片和肉片。亲戚们劝哥哥喝酒,哥哥没有同意。亲戚们又劝新娘喝酒,哥哥也不让新娘喝。亲戚们随即放弃,自顾自地吃吃喝喝。哥哥喝完一碗排骨汤就站起来。新娘连一半还没吃完。我看了看哥哥。哥哥低头看新娘。新娘看了看我,又抬头看了看哥哥,然后放下勺子站了起来。

我打电话叫来出租车。哥哥让新娘上车,放上新娘唯一的行李,旅行箱。他们就这样出发了。去哪儿?后来我们才知道,哥哥没去高速汽车站,而是去了哥哥在安山的家,又小又脏,连双人床都没准备。新娘说想看雪,我们满足她的心愿,帮他们预订了雪岳山脚下的酒店。姐姐和我,不敢期待他们在雪地里你追我赶,也不敢期待他们模仿某部电影的情节,一会儿倒向前面,一会儿倒向后面,玩着不合时宜的军队游戏。不过,我们都期待他们互相为对方暖暖冻得通红的脸颊和双手。哥哥没有任何心理准备,连共同的回忆都没有,直接闯进了婚姻生活的隧道。

第 3 章

    他在办公室和办公室之间的天桥上抽烟。天桥挂在二层的高度,下面的庭院里熙熙攘攘地聚集了近百名工人和他们的家属。今天是给工人发工资的日子。工人们不可能有存折,每个月都发现金。为了不让全家人一个月的生活费被丈夫赌博或饮酒挥霍一空,妻子们亲自来到现场。结薪当日,傍晚的风景简直就是完美地演绎喜怒哀乐的人生缩影。

    最好看的莫过于丈夫领到工资没几分钟,钱就被妻子夺走。丈夫只能跟在妻子身后,为了得到几基普①而苦苦哀求。蒙了白花花的灰尘的头发,从早到晚挥汗如雨地工作,满是汗渍的脸庞;伸出黑乎乎的手,抓着妻子的裙角,那情景总是那么新奇。每月结薪日的傍晚,他都站在天桥上抽烟。一边抽烟一边看着工人和他们的家人,欣赏老挝的独特风景。他厌倦了日复一日没有变化的生活,渐渐地丧失了斗志,工人身上散发出来的能量却是新鲜

---

① 老挝的货币单位,1基普≈0.0008元人民币。

的刺激剂。他就凭借这种力量艰难地撑过下一个月。

7点25分,站在天桥上可以看到远处的湄公河。每到这个时间,河面会被红色的光芒笼罩,结束一天的生活,迎来壮烈的终结。也许是因为这个缘故,每到日落时分,他总是变得很严肃,心情也变得暗淡。

除了湄公河,还能看到他负责的施工现场。堤坝修缮工程已经进展过半。这个过程结束,马上就要开建堤坝公路。也许要比公司指定的时间花费更久。工人们过于乐观,无法理解整天嚷着"快点儿,快点儿"的急性子的韩国人。不管别人说什么,他们都按照自己的节奏做事。派到东南亚其他国家的同事们也有同样的苦恼。现在,工人们的眼光也高了,总是不动声色地要求提高工资,不再是七八年前他刚来时那些纯真的人们。

想着这些,他又点燃一支烟。正在他歪头转动打火机的瞬间,四五个人冲进办公室的庭院。一阵凌乱的脚步声和近乎尖叫的喊声传来,他抬起头,茫然地注视着他们的举动。他们是谁?在这里干什么?看到那些蒙面人,看到他们拿在手里的黑东西,他还是没有真实的感觉。那些人身材矮小,他甚至产生了错觉,以为自己是在欣赏小学生的才艺表演。

他们四处乱窜,高声吆喝,很像追赶兔子的猎人。过了一会儿,他听清了他们的尖叫声。他们说"举起手来!""跪下!""低头!"工人们全部照做了。工人们的家人也照做。纹丝不乱,仿佛事先排练过,毫不犹豫地举手、跪下、低头。他没有。几名给工人

第3章

发工资的韩国职员也没有。他们又喊道,"这是真枪!"说着还把枪举了起来。他还是没有真实感。这是他第一次在部队之外看到枪,也是第一次遇到持枪劫匪。他仍然一手拿烟,一手拿着打火机。

他的位置很糟糕。站在天桥上的他太显眼了。要么在很高的地方,要么在很低的地方,他的位置却不高不低。天桥和距离他十几米远的眼睛处于同样的高度。如果不被看到,反而奇怪了。

终于,他和一个人目光相遇了。他很惊讶,与他对视的人似乎也很惊讶。那人用红手帕遮着脸。红手帕瞪大眼睛,眼睛里浮现出恐惧。他也一样。他的眼睛也瞪大了,同样夹杂着恐惧的光芒。某个瞬间,枪口对准了他。目标物由不确定的大多数转向他。红手帕大声喊道:

"举起手来!"

他举起手来。反应很慢,却比他们第一次通过呐喊提出要求的时候快多了。

"拿出钱包!"

他拿出钱包。想不起钱包放在哪儿,所有的口袋都翻遍了,终于把钱包拿了出来。他翻口袋的时候,红手帕不安地瞥了瞥同伙,似乎在寻求帮助。同伙却在忙着往准备好的黑袋子里装现金,没有精力关照新手同伙。

"摘下手表!"

他摘下手表。那是前不久刚买的高档手表,分期付款还差三个月没还。他几乎从不穿正装,手表对他来说也不实用。黝黑的身体上只有手表闪闪发光。为了买这块手表,他不得不缩减其他方面的支出,过了段穷日子。大部分工资打到韩国,他只剩一个月的生活费。对他来说,高档手表分明是奢侈品。如果不这样做,他就无法打败二十四小时附着在喉咙里折磨他的倦怠。分期还款的时候,他暂时可以告别倦怠。现在,当他从手腕上摘下手表的瞬间,他为自己买了根本不需要的高档手表而后悔。

"扔到这里!"

他真的打算扔出去了。一手拿着钱包和手表,他衡量着自己与红手帕之间的距离。钱包接不住也没关系,手表就不同了。他和红手帕之间是跪着的工人。这也是红手帕无法靠近他的原因。他们之间距离太远,很难准确接住。如果接不住,手表肯定会粉碎。手表即将离他而去,大可不必担心手表的安危,可是他很担心。与被抢相比,碎了更可惜。他犹豫不决,迟迟不敢轻易扔出。他看了看红手帕。红手帕从他脸上读出了犹豫的原因,困惑地看了看四周。没有可以帮他的空闲同伙。不知所措的红手帕突然想出妙计,大声喊了起来。他的瞳孔里掠过一丝满足的光芒。

"喂,最前面的家伙,站起来,接住钱包和手表。"

跪在天桥附近的三四名工人迟疑着站起身来,互相看了看,似乎在判断谁是"最前面的家伙"。最后,他们都像绽放的花蕾似

/ 第3章 /

的双手展开,举在头顶。反正他们的目的不是分出谁是"最前面的家伙",而是顺利接到钱包和手表。红手帕用韩国语大声说,快点儿快点儿。不是冲着接东西的工人,而是对他说。他最后看了一眼自己的东西,深呼吸,准备往下扔钱包和手表。

这时,办公室庭院旁边,一扇简陋的小门猛然敞开,一个男人弯腰走出。那是工人们使用的室外卫生间。吱吱嘎嘎,声音听起来格外刺耳。因为周围过于安静。红手帕转头看了看男人,迅速把枪口对准他。红手帕面带明显的慌张。男人抓着裤腰,慢吞吞地转动眼珠看着红手帕,然后缓缓转头,环顾四周。他只是露出难以理解的表情,面对枪口也没有恐惧。红手帕大声说道:

"举起手来!"

男人摇了摇头。花蕾般伸着手的工人们都屏住了呼吸,他也屏住呼吸。红手帕面红耳赤,又喊道:

"我让你举起手来!"

男人脸上的微笑显得有些卑微,他的右手正要伸进裤兜的时候,只听见当的一声,像小石头砸向大石头的声音,火药味弥漫四周。他急忙趴下,闭上眼睛。天桥似乎在摇晃。好像还有水泥粉末落在他的头顶。几秒钟的寂静过后,到处爆发出说话声。这些声音惊慌失措,脚步也加快了。不一会儿,尖厉的摩托声在耳边响起,然后又是漫长的寂静。他终于从地上站起来。心脏剧烈跳动,无法控制。倦怠早已飞到印度洋去了。

男人躺在庭院角落里,工人们把他团团包围,低头观察。谁

47

也不说话。平时对工人颐指气使的韩国职员都像丢了魂儿似的瘫坐在地。一名工人走上前,合上男人的眼皮,把他的手从口袋里抽出来。随之脱离裤兜的竟然是一根脏兮兮的腰带。本应系在腰上的东西,竟然装在裤兜里。

这个男人就是阿美的父亲。

*　　*　　*

姓名达郎萨傲,四十五岁,故乡万荣。

达郎萨傲。看到这个名字的瞬间,他忘记自己应该保持严肃,差点儿笑出声来。他强忍着笑,问职员这个名字对不对。

"不知道,文件上这样记录的……"

每个城市都有一两个达郎萨傲,甚至还有名叫达郎萨傲的公交站。早市的意思。清早开门,下午早早关门的市场。这个名字当然不适合用作人名。按照韩国人的方式理解,这就像给自己取名叫早市或百货商店。后来他问过阿美,阿美说是爷爷给取的名字,意思是像早市一样富足。阿美父亲出生的时候,每天吃一顿饭都很困难,饿死的孩子不计其数,当然现在也好不到哪里去。

"可是怎样联系呢?"

文件的地址栏只写着"万荣",肯定没有电话。总不能立刻拉上尸体奔向那里。劫匪们掠走了现金,公司损失惨重。总部可能正在讨论如何惩罚他这个现场负责人。这期间,他要做出有关准

/ 第 3 章 /

确损失金额和事件经过的详细报告书,还要配合老挝警察的调查。他命令职员,哪怕恳求万荣的官公署,也要查出达郎萨傲的家人,然后他离开了办公室。脑子里混乱不堪。

来到天桥,他一边抽烟,一边看着施工现场。工人数不到上月的一半。劫匪抢走的是现金,他失去的却不仅是现金,还有对人的信任。没拿到上月工资的工人宣布罢工,他们坚持必须拿到工资才能工作。他们明明知道工程进度迫在眉睫才故意这样。无论如何,工程进度受影响是不可避免了。工人要养家糊口,他不是不理解,却还是感觉委屈,还有种遭人背叛的感觉。

劫匪离开后,背叛感油然而生。工人们仿佛在等待劫匪进入,迅速地举手、跪下、趴在地上。因为一个月工资没拿到而宣布罢工的粗暴之人,面对劫匪却无比乖顺,像瞎眼的草食动物。

他们对公司没有丝毫的爱。

他也不是因为爱公司而没有立刻举手,不过还是这样嘀咕。经历过长期内战,老挝人彻骨地感受到了枪的威力。直到现在,山岳地带还是常有地雷爆炸,导致人员死伤。他们整齐的举动有着这样的历史背景,他明明知道,背叛感依然没有减轻。

最后,他们决定在没有家属参加的情况下为达郎萨傲举行葬礼。这是上了年纪的工人们做出的决定,费用由公司支付。他们没能找到达郎萨傲的家人。万荣官公署只说忙和不知道。他们不能无限期地等下去。天气很热,尸体已经散发出异味,引来很多苍蝇。黑色的苍蝇闻到血腥和腐烂气味,成群结队地在办公室周围飞来飞去,声音刺耳。

第三天早晨,他们叮叮当当地做完棺材,放进尸体,然后装上了车。他和一名职员、三名上了年纪的工人一起前往,目的地是万荣郊外的某个小寺院。经过一番讨论,他们决定省略复杂的葬礼程序。一名僧人为亡者超度,包括他在内的五个人并排站在棺材前合影。右侧、左侧,僧人做着指示,最后说茄子。当然,谁也没跟他一起说茄子,更没有笑。年纪最大的工人在棺材上点火。五个人又站在燃烧的棺材前合影。这回僧人没说茄子。

棺材熊熊燃烧。这个场面也记录在照片里。三名工人先回施工现场,只有他和职员留下,看守燃烧的棺材。就这样,阿美的父亲达郎萨傲变成了一坛骨灰。

* * *

认出阿美并不难。她站在尘土飞扬的荒凉的汽车站里,周围只有她一个年轻女人。他和好几名外国人一起下车,她也一眼就认出了他。也许是因为年龄的缘故。同时下车的几个人中间,只有他看上去像四十多岁。

他走过去,立刻被她的美貌惊呆了。明明是来传达噩耗,却偷窥年轻女人的脸蛋,这让他自惭形秽。他干咳一声,转过头去,然后说,我来晚了,对不起。比约定时间晚了一小时。

/ 第 3 章 /

"路上爆胎了,所以……"

"我料到了。"

她说。他拿出手帕,擦了擦脸上的汗水。这是一条遥远又艰辛的路。乘大巴的时候,他一直后悔没开车。第一次走这条路,他觉得与其找不到路转来转去,还不如舒舒服服地乘坐大巴。谁知大巴空调坏了,像坐在蒸笼里一样闷热,车颠簸得厉害,开得又缓慢无比,而且路上还爆了胎。司机似乎觉得既然停车了,那就顺便休息会儿,泰然自若地坐下抽了两支烟,这才开始换轮胎。如果不是因为骨灰盒,他可能也会享受这种状况。好久没离开首都了,这也算是久违的旅途。可是,他的背包里装着骨灰盒,肩负着传达噩耗的沉重责任。秀美的山色,乘坐皮划艇悠然自得地漂流南松河的年轻人的浪漫,他都视而不见。

"远道而来,您辛苦了。"

他急忙摆手说,不辛苦。

"走吧,母亲等着呢。"

"啊,是。"

阿美走在前面,他跟随其后。除了南松河岸边的几家酒店和度假村,俨然是典型的乡村风光。稀稀落落的几栋房子,街上几乎看不见人,只能偶尔看到几名背包客和小孩子。虽然不敢保证,不过在这样的村庄里寻找某个人的家属应该不难。他对万荣官公署深感愤怒。

达郎萨傲的葬礼结束后,他亲自给官公署打电话,再次拜托他们帮忙寻找死者家属。每次得到的回答都一样,我们很忙。他到处打听,得知万荣有一家正在建设度假村的韩国公司。虽说是竞争公司,而且他和负责人也素不相识,可是没有别的办法。他打电话说明情况,千叮咛万嘱咐,还肉麻地说"韩国人在外国应该互相帮助",甚至毫不吝啬地承诺,如果对方在万象有什么事,自己愿意帮忙。通过这些方法,终于艰难地联系到了阿美。

"家离这里远吗?"

他们已经走了二十分钟。坐了六个小时大巴,他又累又渴。正好附近有咖啡厅。他以为这样问,她会明白,还会提议休息一会儿再走。

"不远,再走一会儿就到了。"

"啊,好的。"

她没有停下来。他也不能停。又走了十多分钟。他突然说:

"你父亲很勇敢。"

说完他猛地一惊。这不是事先准备好的话,而是脱口而出。也许是因为难以忍受沉默,也许是害怕面对达郎萨傲家人的责难。反正话已出口,他自暴自弃地补充说:

"你父亲勇敢地与劫匪对峙,在搏斗过程中牺牲了。你父亲……"

他越说越有信心,事实和谎言巧妙混合,渐渐分不清哪句是真哪句是假。从某个瞬间开始,他甚至觉得自己说的就是事实。

"没有一个人站出来反抗,只有你父亲面对劫匪可怕的枪口

/ 第 3 章 /

大义凛然,所以我才能保住珍贵的钱包和手表。公司没有失去所有的钱,也可以说是你父亲的功劳。"

达郎萨傲并不是为了救他而死,不过结果的确是这样。他也是因为达郎萨傲才没被抢去钱包和手表。三分之一的公款得以保住,也是因为达郎萨傲之死。

"你父亲是最努力工作的工人,从不偷懒,也从未与其他工人发生过争执。他是很勤劳的工人,现在去世了,真的很遗憾。"

他以前不认识达郎萨傲,直到死后才认识。如果达郎萨傲不死,他恐怕永远都不会认识他。他有点儿心虚。毕竟是善意的谎言,他并不感到愧疚。

"我理解家属的心情,应该是撕心裂肺的痛。公司方面也很难过,愿意承担责任。初次见面就说这种话似乎不合适,不过我们愿意以任何方式对你父亲的死亡做出补偿。如果你愿意,可以到我们公司工作,或者你想做其他事情,我们也会为你提供力所能及的支持。"

公司方面只有五十万元左右的抚恤金。他没说"偶然"或"倒霉"这种话,而是在报告书中尽量使用对达郎萨傲有利的说法,最后得到了五十万元的抚恤金。不多,也不是很少。达郎萨傲在施工现场工作几个月才能赚到这些钱。

"虽然不多,但是你先收下这些抚恤金,然后慢慢考虑未来。"

"到了。"

他抬起头。不知不觉间,他们已经站在铁皮顶的房子前面。

房子朝右严重倾斜,好像马上就要倒塌。铁皮顶上锈迹斑斑。如果刮风,那些铁锈仿佛会纷纷飘起,在头顶盘旋。他看了看手表,走了大约五十分钟。前三十分钟很累,后面二十多分钟他没有记忆。从哪里走的,怎么走的,他都不记得了。这时,他终于为自己的胡说八道羞愧了,脸色发红。

"请进吧。"

他走进去。家里太安静了,感觉家里不可能有别人,但他还是走了进去。几秒钟的时间里,他什么也看不清。他静静地站着,让眼睛逐渐适应黑暗。

"请坐。"

他坐下。为了让他坐得舒服,阿美把椅子推到他屁股底下,他只要放下身体就行。

"喝水吧。"

他拿起水杯。他期待的是凉爽的冰水,当然不可能。他只是随便看了看四周,就知道阿美家里没有任何电器。喝完水,他还是感觉舒服多了。

"打个招呼吧,这是我母亲。"

他打了招呼。女人坐在他对面,看上去不像达郎萨傲的妻子,倒更像母亲。他对女人做了自我介绍,女人说你好。他们互相打招呼的时候,阿美不知从哪里拿来一个大托盘。托盘上面放着一瓶劳劳,还有蔬菜碗、汤碗。不会吧,这么热的天,这么热的地方,如此烈性的酒……阿美泰然地放下托盘,把椅子放在他和

第3章

女人中间,坐下了。也许是位置的缘故,感觉阿美像仲裁者。

"接着。"

他接了过来。心里还在犹豫,手已经拿起杯子,伸到面前。阿美打开酒瓶,她的母亲倒酒。杯子只有一个。要不要快点儿喝完,再把杯子还回去?他犹豫片刻,还是放下了杯子。天气热得令人窒息,他不想喝烈酒。

"父亲喜欢喝酒,不知道他什么时候回来,家里随时都备一瓶酒。你代替父亲来了,所以要代替父亲喝酒,喝吧。"

他稍作迟疑,最后举起杯一饮而尽。炽热的水柱沿着食道滑落,感觉凝结在了肚子里。接下来的瞬间,他有点儿恶心,于是吃了口蔬菜。

"再喝一杯吧,没有什么可以招待您的。"

阿美说。对面的女人恳切地看着他,他无法拒绝,只好递过杯子。

"请喝吧。"

他又拿起杯子。没有像第一杯那样恶心。虽然并非愿意,但他还是不好意思独自喝酒,于是把酒杯放在女人面前。女人倒完酒,直勾勾地看着他。无奈之下,他又一饮而尽。连续喝了三杯,炽热渐渐变成温暖。他并不讨厌这种温暖的感觉。体内温度比体外温度高,这让他有种被保护的感觉。

他放下酒杯,女人又给他倒酒,这次他毫不犹豫地喝光了。也许是气氛使然,喝酒的行为仿佛在进行某种仪式,他不由得肃然起敬。以前他不理解为什么工人们放着凉爽的啤酒不喝,每天晚上都要喝烈性的劳劳。现在,他似乎明白了。简单说来,这是一种火辣辣的酒,别无二话,只有强者才能喝的酒,喝了会让人变得强大的酒。喝下四杯就会给全身注入活力,往腹部注入勇气。

"母亲很疑惑。"

他听懂了,开始说明情况。来时说过的话又加了点儿血肉和调料。女人不时点头。他来了劲头,加入更多的血肉和更多的调料,达郎萨傲在他的描述之中渐渐变成了英雄。说明结束,达郎萨傲已经成了整个世纪都难得一遇的非凡英雄。除了达郎萨傲,那些活下来的家伙都沦为卑贱之人。画上句号,他点了点头,似乎承认自己也是卑贱之人。脏兮兮的腰带被他忘得一干二净。至于达郎萨傲怎么会不知道外面的混乱,有人说可能是他昨天喝了酒,有人说他耳朵背,也有人说因为他傻。工人们的众说纷纭被他忘到了脑后。忘记不难。酒劲上来,他轻而易举地甩掉了脏兮兮的腰带和工人们的意见,这要比抖落灰尘更轻松。

女人流泪了。他打开背包,从里面拿出骨灰盒和葬礼照片,推到女人面前。他担心家属会因为未经同意擅自为达郎萨傲举行葬礼而责怪他,于是急忙解释当时的情况,也提到了官公署的冷漠和无礼。这时,女人说了句什么。很难听懂,风在稀稀落落的牙齿缝隙里穿梭。女人还有几乎不张开嘴巴,小声嘀咕的习惯。他看了看阿美。

"说谢谢你。"

/ 第 3 章 /

女人低下头。他也朝着女人低下头去。女人又说了句什么。他的老挝语算不上流畅,不过一直以来在交流方面从未出现过严重问题。也许是因为掉了牙影响发音吧。他还是觉得听不懂对方说话是自己的过错,每次看着阿美期待翻译的时候,他都感到内疚。他希望阿美或女人先开口说掉牙的事,然而她们谁都不说。

"父亲是在家里待不住的人,总是出门。就算回来,很快又要走。最近我连父亲在哪儿都不知道。也许是因为总换地方吧,父亲没和我们联系。不过您让我们知道他临终的瞬间在哪里,做了什么,母亲说已经很庆幸了。要不然我们根本不知道父亲已经去世,可能一生都会等他回来,谢谢您告诉我们。"

等阿美说完,女人又冲他低下了头。他也急忙低头。他从口袋里翻出抚恤金,推到女人面前。虽然不多,但这是公司准备的抚恤金。他中规中矩地说。钱已经换成基普,信封很厚。女人拿起信封,往里面看了看。满是皱纹的脸上掠过惊讶和喜悦。他放心地吁了口气。不考虑后果,过分吹捧死者;不考虑抚恤金数额,把死者过分英雄化,他正暗自后悔呢。女人连连点头说谢谢,然后往他的杯子里倒酒。他觉得自己喝不合适,表达了和她们一起喝酒的愿望。女人只是摇头。

任务已经完成,该离开了,却总觉得还有什么事没有结束,他坐着不动。组成三角形的三个人小心翼翼地看着对方。谁都不说话,仿佛该做的都做完了。他总算见识了劳劳的美味,她们却不再往他的杯子里倒酒。无奈之下,女人已经摇头,他只好把杯子递给阿美。她谢绝了,说不喜欢喝父亲的酒。女人刚才摇头,现在也许会改变主意,于是他又把杯子递给女人。女人不肯屈服,继续摇头。在这种情况下,她们应该往他的杯子里倒酒才对,然而她们没有。

他只好起身,走出家门。女人和阿美跟在后面。阿美问他晚上住在哪里。他说预订了班萨拜的简易别墅酒店。阿美问他知不知道路,他说不知道,接着补充说,自己是第一次来万荣。阿美问怎么找,他说跟路人打听,应该会告诉吧。然后又说,实在找不到,那就只好露宿街头了。女人暴跳起来,这么好的酒店为什么不去,太可惜了,不能不去。她推着阿美的后背,让阿美带他去。然后对他说,这孩子知道路,让她带你去。他说谢谢。同时看了看阿美,意思是让她带路。

他们默默地走着,阿美跟迎面走来的小孩子说话。说得太快,他没听懂。她一说完,小孩子就跑了。他问她认识那个孩子吗,她说是的。他问是谁,她说是弟弟。你竟然有那么小的弟弟,他很惊讶。不知为什么,她涨红了脸,没能回答。

"你跟弟弟说什么?"

他问。

"我让他天黑之前回家,母亲在家等他呢。"

转眼间,太阳已经落山了。红色笼罩了天空。

默默无语地走了一会儿,他突然想起什么,问她弟弟几岁。

/ 第3章 /

十二岁。他又问,那姐姐几岁。这是他真正想问的。为了知道她的年龄,先问弟弟的年龄。她想了想,终于明白他的问题,回答说自己二十三岁。他没想到她这么大,有些吃惊。只看脸蛋,最多也就二十岁。他说看她的脸蛋最多也就二十岁。她莞尔一笑。

他们又默默地走了一会儿。没有看表,不过肯定超过三十分钟。南松河在他们旁边流淌。不知从哪一刻开始,南松河出现在他们身边,陪伴他们前行。白天的南松河和傍晚的南松河截然不同,这让他大为吃惊。因为周围尖顶的小山和温暖的阳光,白天的南松河显得锋利而雄壮。傍晚的南松河被红色笼罩,看上去格外温顺和柔和。山与河像一对恋人。乘着皮划艇经过的年轻人朝他和她挥手。他笑着冲他们挥手。她没有挥手。他转头看了看她,立刻回过头来。

"还远吗?"

他问。这次不是因为疲劳和口渴。他当然也有眼光。出现在眼前的整齐建筑物渐渐增多。他猜测自己和她的散步即将结束。他问还远吗,是因为不舍。果然不出所料,她说到了。他调皮地说:

"说是到了,其实还要走几十分钟吧?"

"真的到了。"

她停下脚步。难堪的他也停下来,抬头去看眼前的建筑。这是他在万象预订的别墅酒店。他们没有立刻分开,而是站在酒店门前。他假装转身,问她:

"对了……你母亲是做什么的?"

她说母亲在市场卖菜,也卖弟弟捕来的鱼,偶尔还卖弟弟捉到的蚱蜢和青蛙。能卖的都卖。

"那么……你干什么?"

她说没做什么。不是不想做,而是没什么可做。他点了点头。想种地,没有土地;想上班,没有工作。不过还能混口饭吃,她说。他摇了摇头。她改变说法,说虽然没有什么事情可做,但也不是什么都不做。偶尔去挖野菜,或者去邻居家的地里掰玉米。

"有时也跟着弟弟去捕鱼。"

他静静地听她说完。这样不能说没做什么,而是在做很多事情。他说。你知道世界上有多少人明明有事可做,却什么都不做吗?而你明明没什么事可做,却主动找到那么多事去做,这足以让你为自己感到骄傲。他称赞道。她莞尔一笑。他还想挽留,可是真的没什么可问了。总要有所了解才能提出问题。初次见面能问的已经都问完了。拖延时间的唯一办法就是她问他。她却不问,也不像是要问的样子。

他犹豫不决。其实从她家出来的瞬间开始,他就在犹豫要不要说。现在该做决定了。他决定不让自己后悔。劳劳给了他勇气。这次分开以后,可能永远都见不到了。他转过身,像刚刚想起来似的说道:

"河边有家不错的西餐厅,一起吃晚饭怎么样?"

/ 第3章 /

　　他犹豫良久,她却那么轻松地摇头。他没有继续纠缠,只说如果有什么困难就来找自己,然后转身走了。他故意做出很酷的样子,迈着轻快的脚步。直到经过庭院,他才想起自己让阿美找自己,却没有给她名片,却又不能再回去。他露出微笑,笑容里带着强烈的自嘲气息。为了掩饰失落,他出声地问自己,我今天是怎么了?看来枪击的刺激还没有完全消失。他走到前台拿钥匙,然后去了房间。

　　第二天早晨,阿美来到班萨拜简易别墅酒店找他。他们在别墅酒店内部的西餐厅里喝咖啡聊天。然后她回家,他去南松河边散步。

　　两人再次见面将近中午了。他把自己的背包和她的箱子放进卡车车厢,自己先坐上副驾驶席,然后伸手扶她上车。去汽车站的路上,他们一句话也没说。

　　他们站在汽车站里等待晚点的大巴,把汉堡做了午饭。大巴晚点二十分钟,他们谁都没有抱怨。他先上车,她也跟着上去了。他把靠窗位置让给她。像是村民的人们盯着她和他。她久久地望着窗外家乡的风景。他闭着眼睛,想起放在办公室抽屉里的高档手表。因为她的父亲而保住的手表,却要为了女儿卖掉,缘分真的很奇妙。手表卖给谁才能得到合适的价钱呢?他左思右想。当务之急是帮她寻找住处,接下来是帮她办理韩国语听课证。

尽管这些举动都是出于善意,然而他还是决定不把阿美的事告诉妻子。

第 4 章

办完入境手续,走出博多港的时候,刚过早晨八点。他们很快就看到了公交站,径直朝那里走去。昨天夜里关于要去哪里的问题,他们发生了轻微的争执。她想去城市,他想去农村。她想活动,他想休息。两人各执己见,很难达成一致。他们互相批判对方是倔驴。年纪小的应该认输,他说。年老的人应该谦让,不是吗?她反驳说。年老的人,这个说法激怒了他,我是出资人。这句宣言让她无言以对。最后按他的意思,他们做出了去温泉村的决定。她一直气鼓鼓的。

等公交车的时候,他抽了一支烟。汗流浃背。仿佛一夜之间,天气从初夏猛然跨入了盛夏。他后悔昨天去超市没买扇子。后悔也没有用了。他摘下背包放在地上,转头看了看博多港。说不定里面有卖扇子的,不过这次他不想动。昨天他几乎一夜未眠,现在只想躺下休息。

"不热吗?"

他悄悄坐到她身边,问道。得到的回答是热。

"给你买把扇子吧?"

得到的回答是随便。

"你去买扇子好不好?"

天气是很热,可还没到四处买扇子的程度,这是她的回答。他叹了口气。她说,虽然有点儿热,可是夏天比冬天好多了,热比冷好多了。这使他的叹息变得更加沉重。

"不想喝水吗?"

得到的回答是有就喝,没有也无所谓。过了一会儿,她自信满满地说,当然还是有水更好,不过自己习惯于忍耐,几小时不喝水也受得了。他强忍着没让自己发火。

"我们一起去买水和扇子怎么样?"

她说她一步也不想动,还说因为晕船一直没睡,累得要死,至少要休息到公交车来。他终于发火了,提高嗓门儿说:

"那么大的船,你还敢说晕船?找借口也要找个合适的吧。"

"真的,我胃里很难受,一直没睡。"

说着,她用掌心轻轻按了按胸口。

"你的胃是樟脑丸做的吗?明明是感觉不到移动的船,你竟然也晕。"

"樟脑丸是什么?"

"反正就是那么个东西,我只要闻到樟脑丸的气味就恶心。"

"你的意思是说我恶心吗?"

/ 第 4 章 /

"谁说了?"

"睡了一夜的人去买就行了。所长打着呼噜,睡得那么香。"

"你在嘲笑我吗?因为换了地方,我也一夜没睡。我也累得要死。难道商店在千里之外万里之外吗?一起去你腿会断吗?如果我是二十来岁的蓬勃青年,早就跑去买了。"

她也不甘示弱,反驳他说,只要情况对自己不利,就拿年龄说事儿,难道年轻有罪,年老光荣吗?你自己去就行了,为什么非要让我跟着。关于"年老",他正想说什么,正好公交车来了,停在他们面前。他问去不去黑川,司机没有回答,只是点了点头。他只好拿着背包上车。

应该发火却没能发火,刚刚坐下,他就粗暴地摇晃导游手册当扇子。胳膊都疼了,扇出的风却微弱无比。她盯着他看了一会儿,突然从他手里夺过导游手册。他忍无可忍,不管司机是不是在看他们,他都准备爆发了。没想到她撕下导游手册的封皮递给他。这个都没想到,这让他很气愤,却又无话可说,只好用封皮当扇子,使劲地扇。

报复的机会很快就来了。几分钟后,公交车里有制冷设施,已经不再需要扇子,他说,我不是想不到,只要稍微忍一忍就可以了,你却把那么好的书变成了废物。不一会儿,他又指责她说,你怎么一点儿耐心也没有。她一句话也没说。他还是很满足,看着头顶的空调,似乎觉得很了不起。

正午时分,他们到达位于山里的温泉村。五六名乘客下了车,公交车绕过山脚消失了。一起下车的乘客四散而去,他和她仍然站在原地,低头看着村庄。村庄不大,到处冒着热气,郁郁葱葱的树木团团包围着黑色的小木屋。树木形成深深的树荫,建筑物又是黑色,也许是这个缘故,连升腾的热气都像是黑色的。果然不出所料,她胆怯地说:

"第一次看到这么黑的村庄。"

他也一样。我也是。说出这句话的瞬间,村庄那边飞起一只黑乌鸦,发出奇怪的叫声。他突然想起过世的母亲,想起母亲借助细致的描写吓唬年幼的他时使用的词语,八热地狱。

"在这个国家,乌鸦是吉兆。"

为了阻止她即将爆发的埋怨,他这样说道。其实当他朝村庄迈出第一步的时候,心里就突然想到,本来是为了休息来到温泉村,结果却进了八热地狱。

"跟书上看到的不一样。"

主人带领他们看了旅馆。当房间里只剩他们两个人的时候,她说。他打开通往露台的门,俯视下面潺潺流淌的溪谷。溪谷周围只有草丛和树木,看不到其他建筑。绝对的孤独和稍许的隐秘,正是他想要的地方。因此他选择了从村庄走很长的山路才能到达的旅馆。他投入地看了会儿溪谷,回答说,那里多贵啊。她没有回答。他知道她的不满不仅仅因为旅馆,还是决定认为她是因为旅馆,回答的时候也只提旅馆问题。

/ 第 4 章 /

"哪里都一样,只有蝙蝠眼泪那么点儿差别。"

她说知道,声音却闷闷不乐,耷拉着脸。

"要不我们换到贵点儿的地方?"

她说不用了,没有力气下山。仔细一看,这个旅馆好像也不错,她冷冰冰地说。

"可是你的表情怎么那样?一点儿也不像开心的样子。"

"开心。"

嘴上说是开心,表情却一点儿也不开心。她的表情似乎在说,我们辛苦奔波了一夜,变化就是从酒店房间换到旅馆房间,还有别的吗?他能理解。坐在露台椅子上,他看着房间里的她。刚才无意间说到"蝙蝠"的瞬间,他想起一件事。他的脸上满是调皮。

"记得用蝙蝠做的菜吗?你喜欢的。我本来点那道菜是给自己吃,结果都让你吃了。"

"好冤枉啊,当时所长没有吃,我才吃的。"

她打开壁柜的门,坐在整齐地叠在里面的被子上面。被子软绵绵的,被她的体重压得凹了下去。

"其实我故意让他们做给你吃的,因为我知道你喜欢。"

"你怎么知道?"

"我们在万象第一次逛早市的时候,你说你只吃过一次蝙蝠。"

"那怎么了?"

那时她搬到万象大约两周,生活环境突然变化,她很痛苦。其实他更痛苦。工人拿不到工资,继续罢工。施工进度不得不推迟,被抢的现金也无从找回。他被认定为是既管理不好工资,也管理不好工人的无能所长。总部连日开会,讨论事件解决问题和对他的处理措施。甚至有传言说他的现场负责人位置将由别人替代。最糟糕的是他有可能被解雇。他没心思工作,每天看他脸色的员工们也让他倍感压力。

连续几天,他都是上班露个脸,然后就离开办公室,四处闲逛。大白天就去酒吧喝酒,有时去寺院,有时在公园里睡午觉。以前因为忙碌而没能做的事,这几天都补上了。起初也没有太兴奋,没想到那么快就厌倦了。他决定不再和公司相关人士见面,却又意识到除了和公司相关的人与场所,他没有可以见面的人,也没有可去的地方。白活了,他这样感叹的时候,突然想起了她。借口看看她过得怎么样,他去找她了。

尴尬极了。他和她面对面坐在四坪①的空间里。公共厨房和卫生间都在外面,正方形的房间里只有一张书桌和两把椅子,床和衣柜。他满头大汗。她递过椰子叶做成的扇子,说是送给他的礼物。可以收下吗?他问。请收下,她说。谢谢,他说。他这才为自己空手而来感到惭愧,翻遍口袋,也没找出可以送她的东西。

---

① 韩国面积计量单位,1坪相当于3.3平方米。

第 4 章

他干咳一声,喝了她泡的茶,问她过得怎么样。她想了想,说很好。过了一会儿,她又说比万荣的家舒服。比起万荣的铁皮房,这里算得上宫殿了。他欣慰地笑了笑,问她生活费够不够。她说她会省着花,不会不够的。他不太理解,于是换了问题,问她吃得好不好。她说吃得很好。那怎么看起来瘦了,他担心地问,她轻轻低下头笑了。

他喝着茶,努力去想可以问的问题。比开始好些了,可还是觉得尴尬,必须说话才行。以前和家人一起生活,现在突然一个人住,有没有感到孤独?他问。偶尔会有孤独的时候。孤独的时候干什么?看书。看什么书?随便什么书,她回答。他四下里张望,却没看到房间里有书。不看书的时候干什么?学韩国语。听到这个回答的瞬间,他想到了要问的问题。

喝了一口茶,他问她对辅导班满不满意。她说满意。问她有没有交到很多朋友。她说还没有。他问为什么。她说因为自己太腼腆。他说看上去不像。她瞪大眼睛,问他为什么这么想。他思考片刻,说没什么。她没有笑。他又想了想说,因为你看上去很勇敢。她轻轻地低下头,笑了,然后问为什么自己看上去勇敢。他想了一会儿说,可能是因为她的挑战精神,为了学习新事物离开家人和故乡,并不是谁都能做到的。她抬起头,灿烂地笑了。

尴尬在对话过程中渐渐消失,然而他的心情并没有放松。不,反而愈加沉重。如果自己的位置被别人替代,那就无法在经济方面帮助她了。如果没有了他的帮助,她或许只能回到故乡。尽管不知道她的梦想是什么,然而她只能放弃梦想。精神上的痛苦也许比开始之前更严重。想到这里,他的心情变得沉重了。

见他闭口不语,她问他还要不要喝茶。感慨于她主动问自己,他完全忘记了刚才的担忧,让她和自己一起去外面。外面指的是哪里?她又问。随便哪里,他说。她问他是不是感觉这里憋闷。他回答说,也许是吧。可能是因为房间太小,对不起,她说。其实这话应该他说才对。他连连摆手说,只能让你租这么小的房子,对不起。她没有回答。

几分钟后,他们出了门,走上炎热的街头。外面太热,他们走进一家咖啡厅。咖啡厅里开着电视。服务员和几名客人都在看电视。他喝劳劳威士忌,她喝劳劳啤酒。他们一起看电视。他想了想说,我喜欢上劳劳了。她摇了摇头。他又说,我是因为某个人而重新发现了劳劳的味道,以前不喜欢,现在喜欢了。她还是摇头,说大白天喝烈酒不热吗?他说没关系,还吹牛说,喝自己喜欢的酒,热算什么。她仍然摇头,皱着眉头说自己讨厌劳劳。他说知道,然后问她为什么讨厌,她不假思索地说是因为味道。这次是他摇头。于是她说,从小她父亲身上就散发着这种气味,每次散发出这种气味的时候,父亲都会哭。他还是摇头。她坦白说,自己不喜欢看父亲哭。他点了点头,我身上也有味吗?他问。她想了想说,好像是有。他问,你觉得我也会哭吗?她没有回答。他又点了点头,这回他喝的是和她同样的啤酒。

第 4 章

没什么话说,他和她看电视上的搞笑节目。她偶尔笑笑,他没有笑。他们的笑点不同。她每次笑的时候都看他,发现他没笑,自己也收起笑容。他被她的细心感动。从那之后,为了让她笑得更尽兴,看到服务员和其他客人笑的时候,他也跟着笑。咖啡厅里所有的人都在笑,甚至他也笑了的时候,她却没有笑。她细心的关怀让他更加感动。

他们从咖啡厅出来,重新走上炎热的街头。走着走着,忽然发现自己来到了早市。即将关门的早市几乎没有人,很适合闲逛。在家里他说话多,在外面则是她说话多。说她的母亲,说她的弟弟,也说儿时的小伙伴。她说她的朋友当中有人已经结婚,生了四个孩子。这时,他看见了摆放着蝙蝠和蜥蜴的摊位,便说,不知道这种东西该怎么吃。不像提问,更近似于自言自语。她也看到了他看到的东西,迟疑片刻,说道:

"我只吃过一次蝙蝠。"

"你说这话时的表情和语气,可以比语言表达更多的东西。"

那天,他说想尝一尝蝙蝠。她问是真的吗?他点头。他们买来一串蝙蝠,去了她家。女房东按照他的要求用蝙蝠做菜的时候,他们继续喝茶聊天。菜做好了,他借口消化不良,把盘子推到她面前。

"你就把这个旅馆当成用蝙蝠做的菜,炸也好,煮汤也好,都好吃。差别在于你喜不喜欢吃。就像蝙蝠对你来说是美味,对我来说却不是。"

"怎么能把旅馆当成用蝙蝠做的菜?说不过去。"

虽然这么说,但是她的声音却很柔和,脸上也带着笑容。他把腿放在对面椅子上,回答说:

"怎么说不过去了?哪有说不过去的事?语言可以在一夜之间盖起宫殿般的房子,也可以在眨眼间行走千里。"

几天后,总部来电话说,本应对他做出惩罚,但是考虑到他这些年的辛苦,这次就既往不咎了。后来听说,其实是因为没有人可以替代他,也就是说找不到像他一样精通老挝的人,只好留下他。

* * *

他们在温泉村的第一天从早晨的闹钟开始。

七点三十分,闹钟一响,他们艰难地起床,抹去眼屎,去了楼下的餐厅。其他人泡过温泉后脸色红润,充满生机,静静地聊天吃早饭,而他们浮肿的脸上保留着枕头的痕迹,默默地吃早饭。刚起床不可能有胃口。但是,如果这会儿不吃,直到晚上都见不到饭的影子,只好使劲往嘴里塞。他们之所以赶在七点三十分起床,就是因为早餐定在这个时候。

早饭结束,他们回房间继续睡觉,或者开着露台的门,听山上流淌的水声。辗转一两个小时之后,他们分别去男池和女池泡温泉。这个时间,大部分的露天温泉池都是空的,一名客人都没

/ 第 4 章 /

有。客人们都走了,或者忙着观光,新客人还没到。他把身体泡在温泉池里,听着竹墙那边传来她的歌声,有时也跟着唱。静静地什么也不做的时候,各种杂念蜂拥而来。如果不唱歌就说话,如果无话可说就数数。

泡完温泉,他们换上衣服去散步。她的帽子压得很低。他贴上胡子,戴上眼镜。这是他们的伪装术。第一天傍晚散步的时候,意外地发现有很多韩国游客,于是他们从商店里买来这些物品。无法保证韩国游客中间没有追踪他们的人。说不定这是最后的晚餐,至少在计划好的一周之内,他们不希望受到追踪者的打扰,想舒舒服服地度过。

村庄很小。即使走得很慢,一个小时也能走到村口。为了延长散步时间,每个商店他们都进去转转,有椅子就坐下休息,遇到新鲜玩意儿就盯着看很长时间。这里转转,那里转转。不知不觉,他们身后就会有两三只黑色的小猫跟随。逗小猫是另一种乐趣。像是要给小猫喂食,最后却不给。或者故意做出扔食物的动作。他们每次都骗小猫,小猫每次都上当,也许不是同一只猫。村里有几十只黑猫,他们没有能力分辨出每只猫。

偶尔他们去溪谷,把脚泡在变凉的水里喝啤酒。偶尔坐在路边的椅子上,吃温泉水煮鸡蛋。偶尔也会偷偷观察把脚泡在路边的泡脚池里,三三两两地聊天的矮小日本大妈。起先她抱怨无聊、郁闷、厌倦,两天后也适应了他的节奏,不再发牢骚了。也许是放弃了。有一次,他只是说了句"脱下的衣服要放好",两个人就差点儿大吵一架。那时她刚刚脱掉浴袍换上外出服,勃然大怒。打扫卫生的阿姨会怎样看我们?这样说完之后,他马上换了说法,这是她的工作,当然应该她来整理。总算以认输的方式度过了危机。

每天回旅馆之前,他们一定要去商店买啤酒和零食。这是度过漫漫长夜的必需品。通常是下午四点左右回旅馆,并排躺在露台上喝啤酒。只有吃东西或吞咽的时候稍微抬起上身,趁机环顾四周。四周树木环绕,看不到人迹,什么都看不到。确定目前还安全之后,再重新躺回去。午后的阳光爬不到脸上,只在脚尖荡漾。不冷不热的风吹起头发和衣角。偶尔也把树叶朝一个方向吹。这时,冷飕飕的感觉会让他们毛骨悚然。不过,也只是颤抖几下而已。除了溪水声,周围静悄悄的,温暖的风拂过脸庞,阳光在露台外面摇曳。下午的最后时分,他们常常打瞌睡。如果两个人中的某一个说着说着突然停下来了,回答着回答着突然不回答了,那就是在打瞌睡。那么,另一个人就会用冰冷的啤酒罐碰对方的脸颊,或者用零食去戳脸颊。他或她吓一跳,睁开眼睛,却坚持说自己没有睡着。

他们没能完成预订的行程,提前两天回国了。原因是经费不足。第四天下午,从商店里买完东西递过信用卡的他,不得不把物品原封不动地放回去,信用卡被冻结了。这是他始料不及的,自然很慌张。昨天还正常交易,这让他更加摸不着头脑。他只有

/ 第 4 章 /

一张信用卡,还是从老挝回韩国之后申请的,为了应付意外状况。其实也没用过几次。平时他更习惯用现金,只是因为这次离开首尔太匆忙,没有准备足够的应急资金,最近才不得不经常刷卡。

回到旅馆,他清点了身上的现金,除了食宿费,幸好还有略微剩余。他捋了捋胸口,开始自责。应该事先想到信用卡有可能被冻结,准备工作应该做得更充分才对。差点儿就在温泉村落得个寸步难行的局面,不得不做长工。八热地狱根本不是什么特别的地方。如果没有离开的自由,这里就是八热地狱。

他们用除去食宿费后剩下的现金买了啤酒,再次躺在露台上,享受最后的晚餐。阳光已不是昨日的阳光,风也不是昨日的风,空气也不是昨日的空气。所有的条件和昨天一模一样,却怎么也等不来昨日的祥和。不仅没有祥和,他们还要为驱走不祥的预感而努力。下午过去了,黑夜结束了,早晨天亮的时候,他们收拾行李走出旅馆。她不舍地回头看了一次,又一次。

"以后再来,嗯?"

嘴上这么说,其实他自己更清楚,很难再来了。现在,他只是个没有房子,没有汽车,甚至没有信用卡的中年男人。去公交车站的路上,他恳切地希望妻子至少给他留下"那个"。如果妻子还有一点点良心的话,至少留下"那个"给他。没有房子,没有汽车,也没有信用卡,现在他能期待的只有"那个"了。

第 5 章

"我什么都没做。"

我一进去,哥哥就翻身朝向墙壁,说道。家里乱得无法形容。客厅的桌子上放着粘有米粒的饭碗和粘满调料的菜盘。桌子下面倒放着好几个酒瓶。阳台上也堆满酒瓶。家里到处都是酒瓶。房间里、冰箱旁、鞋架边上都有。

"吃饭了吗?"

哥哥说吃了,却又不像吃过饭的样子。黑黝黝的脸上毫无光泽。有气无力的身体,哪里都找不到摄取过碳水化合物的痕迹。看餐桌上的碗就知道了。肯定是连续几天只喝酒,什么饭都没吃。

我把餐桌收拾干净,放下带去的粥。打开盖子,香味扑鼻,哥哥却看都不看。趁热吃才好吃,我说。哥哥像是没听见。在我面前从来都自以为是的哥哥,突然要吃我带去的粥,恐怕也会难为情。我没再继续催促,盖上了盖子。为了让哥哥容易找到,我把

/ 第 5 章 /

热过的饭放在灶台上,菜放进冰箱,然后打开吸尘器。哥哥转头瞥了我一眼,把枕头扔向吸尘器。我用脚挡住枕头,保住了吸尘器。

"你捂上耳朵,一会儿就好。"

我没有勇气扶起哥哥,只是打扫了客厅。清扫结束,我坐在客厅里看哥哥。我有很多疑惑,却犹豫着不敢多问。后来我决定只问三个问题。如果三次都不回答,那就算了。深呼吸之后,我小心翼翼地问了第一个问题:

"听说你去日本了?"

"……"

果然没有回答。我等待了足够长的时间,确信哥哥不会回答之后,这才更加小心地进入第二个问题:

"你为什么让侦探等等再说?"

"……"

还是没有回答。我摸了摸遥控器。透明胶带缠着破塑料布,勉强保持着遥控器的原样。我抛出了第三个问题:

"回来后打算怎么办?"

哥哥没有反应。我猜他会发火,可是他没有。我觉得不该这么问,哥哥说不定会教训我,也没有。哥哥最喜欢教训人了。这证明他受到的伤害真的很重。我转移话题说,姐姐担心你,然后又问,还没买床啊?不过仔细一想,为了转移话题而说的这几句话并不合适,于是我闭上嘴巴。

要做的事情已经做完,我想我该走了。这时,仍然面向墙壁的哥哥嘀嘀咕咕地说话了。发音不准,声音也小,起先我没听懂他说的是什么。两三秒后,我的心突然一动。他说的是,我做错什么了?我注视着哥哥蜷缩的后背。

"因为郁闷而喝酒?没能让她去首尔?不给她买衣服?她说给弟弟寄钱交学费的时候,我说没钱?"

哥哥的声音很低。低沉的声音中饱含着绝望、愤怒,以及对自己的怜悯。

"我的确说了些过分的话,可是我没动手。作为一家之主该做的事,我都做了,甚至放弃自尊心,还去以前交易过的工厂上班。"

"……"

"我厚着脸皮,很久没工作了,浑身疼得要死。我都觉得自己生不如死,可还是每天上班,强颜欢笑,言不由衷。我当工人,干了几个月活儿,把工资给她的时候,她不满足,问工资怎么这么少。不到二十个员工的小工厂,工资能多吗?没有技术含量的工人,工资低不是理所当然吗?她问那你为什么要做没有技术含量的工人。我说几年前我的公司破产了。她问,你怎么现在才说?我说你不知道吗?她说不知道。我问她是不是很失望,她没有回答。"

"……"

"我无话可说,于是喝酒。那个女人看电视。看着看着又问,满大街都是汽车,为什么你没有?我说单位那么近,我也没什么地方可去,要汽车做什么。她说需要汽车的地方多着呢。只要有车,自然就有需要的地方。眼看她不肯轻易放弃,我只好说没钱。这是真的。只要有钱,不需要的东西也会变得需要。没有钱,必要的东西也变得不必要。我以为她听懂了。她接着问我为什么没钱。我说公司倒闭,以前赚的钱都赔了。她问我为什么现在才说。我问她,你不知道我没钱吗?她说不知道。过了一会儿,她说她以为我很有钱,还说来到这个房子里,她吓了一跳。这句话我能理解。有时我看到自己的家也会很吃惊。"

"……"

"我为自己没钱而内疚,只好喝酒。那个女人看电视。静下来一想,我又有点儿委屈。我没说谎,我以为姐夫都告诉她了,所以就不用说了。突然间回头想想,没有人故意欺骗,却有人上了当。她带着上当的表情看电视。我静静地看着她,决定不再疑惑,想问的都问出来。提问本身也能成为复仇。我像磨刀似的喝了杯酒,然后单刀直入地问她,你是因为钱和我结婚的吗?她大概有点儿惊讶,没有马上回答。过了一会儿,她说不是。那么,如果你知道我没钱,还会跟我结婚吗?她没有回答。复仇的刀刃没有到达对方,却刺中了我自己。那个女人生怕杀伤力不够,又补了几刀。既然这样,有钱总比没钱好,不是吗?我在有钱和没钱后面加上'的人',就变成了'既然这样,有钱的人总比没钱的人好,不是吗?'这就是那个女人的答案。"

哥哥说个不停，真不知道刚才他怎么能忍住。没有起伏的平淡的话语从哥哥蜷缩的后背里流淌而出，我只是静静地听。

"有一天，她问我为什么和她结婚，我没想到她会这么问。其实我是因为孤独才结婚。整天在家里接不到一个电话，经常连续好几天一句话都不说。早晨睁开眼睛，我就会不由自主地产生疑问，我究竟为什么活着。太孤独了，谁都无所谓。这时，偏偏那个女人进入我的世界。可是我不能这么说。我说不知道。那个女人什么也没说。我觉得自己欠了一笔债，好像只有我是恶人。我也问她，你为什么跟我结婚？她还是不回答，不可能回答。只见两面就结婚，她大概也是需要一个人才结婚的。我说我们不要互相问这种问题，已经结婚了，还问这个干什么。她也同意了，却又问我为什么喝酒。我说因为好喝。她说既然好喝，为什么你一个人喝。原来她是因为我独自喝酒而感到失落。说不定她也喜欢喝酒，可我从来没邀请她一起喝。我没叫她，年轻新娘的确很难自己坐到酒桌前。我说我们一起喝吧。我让她拿来酒杯。她迫不及待地说，她的美味不是酒。我问是什么。我以为她会说螃蟹，我可以买给她。你知道她说的是什么吗？她说，她觉得外套好吃，皮鞋好吃，在首尔的朋友好吃。还说我每天吃好吃的，她自己却一点儿都吃不到。她说我自己吃着美味，却让她享受不到。我说，我每天工作，你每天玩。你每天玩，却吃三顿饭，我每天工作，连瓶酒都不能喝吗？她听后大发雷霆，抱怨说谁每天打扫蟑螂横行的房间。这话我无法认同。在她眼里，普通灰尘都不算灰

第5章

尘,普通虫子也算不上虫子,是和她共享生活空间的朋友。她倒觉得每天打扫房间的韩国人奇怪。我这样一说,她无力反驳了。"

"……"

"我喝酒,她看电视。沉默,今天就这样安安静静地过去了,我刚刚放心下来,她突然气呼呼地说,你从早到晚跟别人说说笑笑,愉快地工作,我却整天被关在郁闷的家里,连个说话的人都没有,只顾干活。这话我也无法认同。首先我不是愉快地工作,而是拼命工作。跟别人说说笑笑也不是发自内心,而是不得已。家里的确憋闷。可是她说自己整天被关在家里,这是不对的。早晨放下碗筷,她就出门,这段时间也交了好多朋友,在安山到处见朋友。她去朋友工作的地方聊天,然后又去另一个朋友的工厂。星期天也不例外,很少看见她待在家里。问她到底都聊些什么,她说只是互相报个平安。为了报个平安就去朋友们的单位?我这样问她,她反而用惊讶的目光看我,好像在问我'那又怎么样'。然后又说家里憋闷什么的,我哭笑不得,干脆回敬说,你去朋友们的单位找人家,是想得到什么东西吗?你连自尊心都没有吗?别人还以为你想上班想疯了呢。她站起来,回到房间,重重地关上门。我的话可能有点儿过分,不过也没办法。要想不让她继续说首尔朋友的话题,我没有别的办法。外套、皮鞋,我可以给她买,可是我买不下首尔啊。她的目的不是首尔的朋友,而是首尔的辅导班,首尔的繁华。她说她想学技术,然后上班,将来或许有可能,但是现在不行。每天都这样过,因为鸡毛蒜皮的小事争吵,谁谤,互相伤害。"

我长长地叹了口气。哥哥依然面朝墙壁,我坐在客厅里。我想不起该说什么。哥哥的嗓门儿稍微大了些。

"为什么偏偏是姐夫呢,这是不可以的啊。我宁愿是别的男人,姐夫不行。我是傻子,姐姐也是傻子。"

我无话可说,倒是可以为他做点儿什么,那就是用微波炉热粥,端到房间。我发表了炸弹宣言,如果你不吃,我就一直坐着。这样说的时候,我心里还是没底。哥哥猛地站起来,说你不要折磨我了,差点儿没把桌子掀翻。以前有过这样的事,我没见过,只是听姐姐说的。那时哥哥还没结婚,姐姐连续两天来找哥哥,想让他戒酒。哥哥要喝酒,姐姐把饭桌端到他面前。哥哥要站起来,姐姐拦住了他。哥哥就把饭桌掀翻了。从那之后,姐姐放弃了在哥哥身上付出的努力。后来姐姐说,他好像疯了,那个眼神,我的心现在还发颤呢。当着姐姐的面都能掀桌子,在我面前就更不用说了。不过幸好没摔碎碗,我再次鼓起勇气。

"先喝点儿粥,明天再吃饭。我给你买了饭和菜。"

我喘了几口粗气,趁热打铁地说:

"看你的脸,像要死了似的。"

这时,哥哥懒洋洋地抬起身体,拿起了筷子。我急忙把饭桌推到他面前。

"你不是忙吗?快走吧。"

"等你吃完我再走。"

/ 第 5 章 /

"非要你看着我才吃,你不在我就不吃吗?"

"那我也要看着你吃。"

"我以为只要下定决心就能戒掉呢。"

哥哥放下筷子说。起先我没明白哥哥说的是什么,听他继续说,才知道他说的是喝酒的事。

"我喝酒是因为什么都不想做,因为睡不着觉,因为委屈,因为什么都不愿想,可是渐渐成了习惯。三岁看到老,我第一次知道这句话是多么可怕。手段成了习惯,习惯成了日常,日常成了目的,后来干脆变成为了喝酒而振作,为了喝酒而睡觉,为了喝酒而想起曾经受过的委屈。真正喝酒之后,感觉到的并不是满足,而是悲伤。"

"戒掉不就行了吗?如果通过自己的努力做不到,还可以去医院啊。"

"我的钱都给了侦探。姐姐说我是白花钱。我总不能自己去调查吧?说不定会看到不该看到的一幕,所以我雇了侦探。能够筹到的现金都给了他,工厂里炒了我的鱿鱼。连续几天没上班,厂长打电话问我打算怎么办。我说马上就要放假了,我想提前休暑假。厂长又问,你的意思是现在来不了?我说有困难。每天早晨都醉醺醺的,没法上班,等到中午却又清醒了。该醒的时候不醒,不需要清醒的时候却醒了。因为不需要清醒,于是我继续喝酒。这样一来,第二天早晨又醒不过来。我实话实说。厂长静静地听我说完,让我以后继续努力喝酒,还说如果有喝酒比赛,我肯定能拿冠军。我说,谢谢厂长称赞,等我以后得了冠军,一定忘不了你的恩情。他说好吧。"

"我和姐姐给你筹钱。"

"算了。"

我闭上嘴。关于医院的话题已经说过多次了,有钱的时候也没能劝说成功。姐姐是家里的老大,她都没能说服哥哥,我就更不可能了。如果父母在世,哥哥会听他们的话吗?我转移话题:

"粥要凉了,凉了就不好吃了。"

"你走吧。"

我站起身。家人的惨状是不能看太久的,柔弱的一面也是。我的心情很沉重,有些东西总是无法释怀,感觉喝水也会噎到喉咙。

"我还会来的。"

我站在门口说。哥哥重新拿起勺子。

"不用来了,很快就会抓到的。"

抓到又怎么样呢?我心生疑惑。如果能够惩罚阿美和姐夫,他的心情会痛快些吧,可是生活并不会因此发生变化。如果自己不改变,别的一切都没有意义。

乘车回家的路上,我的心里突然冒出了疑问,阿美和姐夫是出轨,还是真爱?他们不是偷偷见面,而是私奔,究竟是风流,还是为爱逃跑?

/ 第 5 章 /

*　　*　　*

一周时间过得飞快。越是想要休息的时候,工作越是铺天盖地地涌来。从哥哥那里回来,我就接到了前辈的电话。他说自己接到的工作,问我可不可以代替他做。为童话书绘插画,一本二十页,共两本,也就是四十页。前辈为什么不做?他说他在忙其他事。坦率地说,我不想接下这份工作,本来脑子里就乱糟糟的。如果哥哥姐姐需要帮助,我随时都要跑过去才行。我还要读童话书,理解内容之后用一幅画表现出来。这些都需要时间。

如果现在我不接受这份工作,前辈和我的关系恐怕会从此中断。前辈经常把自己接到的工作转给我,或者给我介绍寻找合作伙伴的客户。如果和前辈的关系断了,以后的生计说不定会受到威胁。即使威胁不到生计,收入肯定会减少。我不想放弃汽车。对我来说,汽车不单纯是车。那是我二十岁时得到的第一辆车。从那之后,我们相处得非常好,共同度过了十二年的岁月。汽车是陪伴我青春岁月的老朋友,也是我的良师益友、恋人。尽管它吃得多,常生病,可我也不能抛弃陪我共度漫长岁月的朋友。为了养活我的汽车,我心甘情愿地接下了这份工作。

工作不止这一件。跟出版社负责人见面,拿到资料的第二天,另一位前辈打来了电话。这位前辈开了一家插画学院。前辈有什么事啊?我问。前辈直截了当地反问,有时间吗?哎呀……

我吞吞吐吐。我有预感,肯定没时间。前一天我就熬夜工作,以后还不知道要度过多少个不眠之夜。工作总是要我争分夺秒,客户们像往稻田里喷药似的,动不动就说,着急。

"安排一次讲座吧。"

不行。这话我说不出口。只要稍微想一想前辈对我的付出,我就不能拒绝。我什么也不是的时候,到处换工作,辞职,最后终于走上这条路,正是这位前辈给我勇气,安排我做了第一份工作。从插画实力和经验来看,我是新手,前辈却果断安排我在自己的学院里做讲座。我说不想,前辈鼓励我:

"结果?无所谓,讲错了也没关系,都是这样成长起来的嘛。"

通过那次讲座,我获得了勇气,也对自己产生了信心。

"什么时候?"

我终于还是没能拒绝。讲座安排在两天之后。我放下手头的事情,开始准备讲座。讲座结束后,重新专注于为童话配插图。

我不想去釜山了。我跟侦探也是这样说的。即使我去了,结果也不会改变,我不去也不会有什么影响。直到星期六之前,我都是这样想的。星期天,我像被什么追赶似的焦躁不安。杂念就是这样,闲暇时藏得很隐蔽,忙碌的时候突然闯进脑海。脑海里的杂念和焦躁让我的心情起伏不定,起伏不定的心情使我的手变得僵硬,无法画画。

他们回来了。去日本一周之后,他们终于回到了韩国。我要不要去釜山?这算接风,还是监视?他们会反抗,还是乖乖顺从?他们会以怎样的面孔回来?幸福,还是……后悔?看到我,姐夫会是怎样的表情?

星期天上午,我一直在犹豫不决。我的心在"应该去看看"和"有那个必要吗?"之间强烈徘徊。相比之下,理智拿出堆积如山的工作责怪我,提醒我信用的重要性,使我想起糊口的艰辛。"不能去"这边的目录越来越多,我的心却越来越倾向于釜山。真是莫名其妙。

一点钟,我终于站起来。心里只想着去不去的问题,根本没法工作。出发时间一过,我又会因为心慌意乱而无法工作。与其这样,还不如去看一看姐夫最后的样子。

原定六点钟到达,直到七点多了,他们还没出现在机场。侦探不耐烦地从口袋里拿出烟盒,又塞回去。看来是想抽烟,无奈这里是禁烟区,只好忍着。他突然看了看我,唠叨着说,你说不来,怎么又来了,把事情都搞砸了。这话怎么说,我问。

"你这么迟钝吗?你明晃晃地站在这里,他们能看不见吗?说不定早就逃跑了。"

是这样吗?这倒是我没想到的。的确有这种可能。一下子涌出很多人,想要找到他们并不容易,反倒是他们更容易认出我。如果看到我了呢?现在这个时间,足够他们逃离釜山。我的心情很复杂。究竟是希望他们顺利逃跑,还是希望抓住他们,让哥哥姐姐发泄愤怒。尽管是我的心,我也无从判断。好像两者都有,又好像都不是。

七点三十分左右,侦探说,走吧。去哪儿?

"还能去哪儿,去办公室问一问,说不定有人知道。"

见过侦探的员工之后,我的疑惑才消除。员工用电脑查询之后说,他们已经在两天前回国了。真的吗?警察模样的侦探恶狠狠地问道。我以为员工会害怕,谁知他们根本就不害怕。记录是这样写的,应该没问题。听起来有些不负责任,换个角度又有点儿傲慢的意味。员工坐在椅子上,身体后仰,失望地看着我们。提问应该到此为止了,然而侦探不甘心,继续问道:

"能知道他们去哪儿了吗?"

"我怎么知道,我又不是鬼。"

这回员工干脆用无奈的眼神看我们,然后转头看着其他员工,嘻嘻地笑了起来。我感觉脸都红了。这时候要是离开办公室也好啊,可是侦探仍不甘心,非但不肯离开,还凄凉地盯着电脑屏幕。看到他这个样子,我甚至怀疑他是不是侦探。仿佛在祈求同情的面孔,让我想起首尔火车站前的流浪汉。上个月,为了捕捉人的丰富表情,我去首尔火车站写生。回家整理当天的作品,充满写生本的不是远行游客的兴奋面孔,而是脸上沾满污垢疲惫不堪的流浪汉。

我自行走出办公室,把侦探留在那里。为什么没想到呢?回国日期是可以变动的。不管乘船还是乘飞机,只要有座位就可以

第5章

改签。我一时忘了，他们也不是傻子。他们是逃亡者。只要稍微动动脑子，就能猜到会有人跟踪自己。我们过分专注于自己的立场，而且太自以为是。

第 6 章

他请促销员稍作回避,首先要向她说明情况,征得她的同意才行。来这里之前,不,重新回到釜山的时候就该做的事,却拖到现在才做,原因是他没有信心。他担心她会失望,担心她会任性地嚷着回去,所以才拖到不能再拖。

现在,他只有一张千万元的存折。没有房子,没有汽车,也没有信用卡,剩下的只有一张存折。那是妻子故意留给他的。不仅是留给他,而且还加入一部分,凑到一千万元。他明白妻子的意思。妻子找到他的应急存折,不惜敲打计算器,正好凑齐一千万。这意味着让他不要回来了。拿着这一千万元,逃跑也好,重新筑巢也好,随你去吧。结婚二十年来,他像牛一样工作。相比之下,这一千万元不值一提,然而他还是决定平静地接受。落入手里的东西太少,他反而减轻了罪恶感,心情稍稍放松了些。

他不确定她是否也有同样的感受。不知她是否愿意跟随比丈夫更贫穷的他。如果去老挝,应该没什么大问题。她却宣称再

第6章

也不回老挝,所以他不能再提。他很苦恼,时间在流逝。促销员假装从窗外经过,却往办公室里面偷看。促销员的脸上分明写着不耐烦。不过是买二手车罢了,至于这样商量吗?

他转头看她,问她累不累。她回答说累。他预料的答案是不累。已经休息好了才回来,在船上也是一直睡觉,所以他没想到她会累。没办法,他只好重新编台词。转头问她是否喜欢旅行。回答是好像挺喜欢。好像挺喜欢是什么意思,他问。她回答说,就是不讨厌的意思。

"不讨厌,那就是喜欢吗?"

她问他,为什么总是穷追不舍。心立刻被堵住了,但是他调整心情说,我想从现在开始旅行,所以才这么问。

"刚刚旅行回来,又要去旅行?"

看着她的表情,他问,讨厌旅行吗?不讨厌。这句话给了他勇气,这次我们看了大海,现在去看山吧。他不动声色地试探道。

"去城市不行吗?"

"不行。"

"为什么?"

"你老公会追踪我们。"

她很沮丧,不过还是放弃了去城市的念头。什么山?她有气无力地问。

"智异山。"

说完以后,他觉得智异山真的很不错。距离较近,压力相对小些。她没说话。他又感到不安,不喜欢智异山?她一声不吭。他瞥了一眼窗户,搓着双手问,如果不喜欢智异山,那我们去俗离山怎么样?她还是不说话。他有点儿生气了,强忍愤怒问道,那你喜欢雪岳山吗?这时,办公室门开了,促销员探头进来,责问他们为什么不讨论汽车,而是口口声声说什么山?他让促销员再给自己一点儿时间。办公室门关上了。她小声说,我喜欢智异山。既然如此,那你为什么不早说,他追问。她的声音更小了,气呼呼地嘟哝着说,我来韩国才一年,怎么知道智异山什么山的。这话有道理,他说对不起,又说游山需要汽车,既然要买车,最好还是大点儿的车。不过,他没说自己买的是二手车,没说以后要在这辆车里睡觉和吃饭,也没说买完车之后就没多少钱了。无关紧要的话说了一大堆,该说的却没说,他并没有感觉到良心受谴责。不知道以后怎么样,至少现在,他自己也觉得是去旅行。

趁她没改变主意,他叫来促销员,飞快地在文件上盖章,站了起来。就这样,他得到一辆十二座的面包车。

下午三四点钟,他们去市场买了食物、炊具和酒精炉,然后出发去智异山。他对智异山也不了解,只是听说,还从未去过。车上没有导航仪,只从二手汽车中心员工那里得到一张地图。他让她看地图。她的口语没问题,对文字却很生疏,地图上的字像芝麻粒那么大,她也读不出来。他只好不时停车,自己看地图。

开着陌生的汽车,走在陌生的路上,他的神经变得敏感,开始责怪她说,明明在辅导班学了三年,却连地图上的字都不认识。

第6章

她没有回答。他又夸张地抱怨,为了给你交学费,我的腰都累弯了。她没有回答。

"岂止是学费?还有房租和生活费呢。"

她小声说了句什么。

"你说什么?"

他紧握方向盘,身体朝她倾斜,这才听懂她的话。谁让你交的吗?

"对,你说得对。"

他立刻承认,点了点头。没有哪一样是她想要的。她只是按照他的牵引,一路跟随罢了。她唯一的选择就是他问她想学什么的时候,回答说"韩国语",或许因为他是韩国人吧。他立刻找到韩国语辅导班,帮她报了名。或许她有语言天分,或许是因为年轻,报名没多久,她就可以和他对话了。因此,他没想到她不认字。如果万象有韩国语招牌的话,他可能会因为好玩而让她读,可是没有。

他说要回韩国的时候,她表示也想去。她毅然决然地表达了想去韩国工作的愿望。老挝的工作机会很少。在他看来,她的决定理所当然。既然学了韩国语,当然应该派上用场。老挝目前还是未知之地,今后会有很多韩国企业进军劳务市场。他承诺帮她找工作,然而她却没能进入任何一家韩国公司。负责的文字不会读,也不会写,随时都会出现语法错误。怎么会这样呢?他很吃惊,然而这是现实。只不过他和她都不知道而已。早就该知道的事实，他们知道得太迟了，仅此而已。

需要她的地方，他不愿意让她去，她自己也不想去。可是不工作就无法生活。她要吃饭、穿衣、睡觉。要想生活，她必须赚钱。他的经济支援也帮不了忙。在老挝还可以，在韩国却不行。同样的钱，可以在老挝生活一个月，到了韩国支撑一周都困难。首先是房租太贵。如果就这样回老挝，那又太冤枉。我不能就这么回去，她说。在悬崖边，她选择了结婚。

"要是有机会去万象，我绝对不会放过那个辅导班的老师！"

他用拳头拍着喇叭，大声嚷道。空荡荡的国道仿佛在颤抖。他关了空调，放下车窗。感觉舒服了些，不过噪音太大。探头出去大喊一声，他又关上了车窗。蓬乱的头发恢复了原样。

"辅导班老师有什么错？"

过了很长时间，她似乎才想起来。他觉得不可思议，看了看她，又看了看前面，然后又看她。

"教得不好。"

"你又没见到，怎么知道？"

"看看你就知道了。"

她闭上了嘴。他又看了看她，然后看前方，再转头看她。盯着前方看了几秒，他看了看倒车镜，又看了看外侧后视镜。

"那家伙是韩国人吗？"

她没有回答。她的头一动不动，只是盯住前方。

"你不回答，那就代表我猜对了？"

/ 第6章 /

她没有肯定,也没有否定。

"上课的时候有书吗?"

她大大的眼睛眨也不眨,只顾低头看前方的路。道路缓缓来到眼前,然后迅速消失。一路上没有车辆挡住他们的路。尽管不是节假日,路上也不该如此冷清。不知是幸运还是不幸的开始,反正有路就走,他们只顾前行。

"你们俩不会恋爱了吧?"

他努力让自己的声音听起来明朗,可惜的是努力没有得到回报,声音沙哑,偏偏在说到"恋爱了吧"这几个字的时候,像卡了痰似的咽了回去。果然不出所料,一直不吭声的她问道:

"你是嫉妒吗?"

"我疯了?"

反应过于激烈的他立刻意识到了这个事实。我这个年龄还嫉妒什么,只是好奇罢了。我问问自己花钱养活的家伙是谁,难道也是错吗?我有权利知道。他开始百般解释。她静静地看着他,问道:

"如果恋爱了呢,你打算怎么办?"

"当然不会罢休。当老师的不好好教学生,谈什么恋爱,这像话吗?"

"没有,没有恋爱!对我这样的人,谁会多看一眼?"

他猛地一惊,看了看她,然后使劲按了一下喇叭。看来辅导班老师眼睛瞎了,这样的眼光,能教好学生吗?他很气愤。她的心情还是没有好转。他开始自责：

"是我不好，不该给你报名。应该先看看老师再做决定，那时候我太忙了，你也知道，我被劫匪事件弄得头晕脑涨。如果你学得好，找工作根本不成问题……"

他遗憾地咂了咂嘴。她用叹息作为回答。

他们沉默了一会儿，车继续前行。也许是因为没有别的车辆，也许是因为道路狭窄，或者是因为没有路灯，他感觉天比平时黑得早。尽管开了头灯，眼前的黑暗也无法改变。智异山应该到了啊。他想，不过并没有太担心。他带着地图，一直都按照地图行走。也许会晚些，不过迟早会到智异山。

她坐在黑暗中，看不清脸。他打开室内灯，又关上。她很好。太安静，以为睡着了，却看到她瞪着眼睛，陷入沉思。看到她这个样子，他又产生了怀疑。一个没什么大不了的问题，她却表现得过度敏感。这有点儿反常。仔细一想，还有其他可疑之处。在老挝的时候，每次问起辅导班的情况，他都感觉她在试图回避。偶尔提及辅导班的同学，却对老师绝口不提。约她出来，有时她二话不说就出门，有时却坚决拒绝，说自己要待在家里，又不肯说明原因。

他犹豫着要不要再问一次。也许她会觉得自己心胸狭窄。最后，他还是问了。因为她叹息着转头去看窗外。

"你们俩真的没恋爱吗？"

"你不是说不嫉妒吗？"

/ 第6章 /

她反问道,视线依然投向窗外。

"不是嫉妒,而是委屈。我在背后扶持你,跟你恋爱的却是那个家伙,你说我该有多委屈?"

"什么时候去智异山?"

"这不是往智异山走吗?"

"都坐好几个小时的车了。"

"我也知道。你不回答,所以智异山不出来。"

他瞪大眼睛往前看,期待着山会出现。周围一片漆黑,离开汽车前灯照耀的范围,什么都看不到。连月亮都没有。他只好停下车,打开室内灯。

"你帮我,是为了和我谈恋爱?"

她看着他问道。

"谁说的?我只是觉得委屈。"

他避开她的视线,拿出地图查看。他根本不知道这是什么地方。原以为一直跟着地图走,却不知在哪里走错了路。

"地图有问题,那家伙给的是错误地图。"

事实是他对地图不熟悉。平时需要看地图的机会不多,所以有可能会看错地图,只是事先没料到这个结果,掉以轻心。即使觉得路有点儿奇怪,也没怀疑,而是一路前行。

"我喜欢所长。"

"迫不得已才说的吧。你又没有放大镜?手电筒呢?啊,对,肯定没有。"

他拿着地图,一会儿往远处看,一会儿放到眼前,然而芝麻大的文字很难看清。室内灯光线不够。如果夜间视力好,应该没问题,可他对自己的视力没信心。也许是患了夜盲症,也许是因为年纪大了。不能说只有身体衰老,眼睛不老。

"先走吧,走着走着,总会看到些什么。"

他收起地图。她默默点头。情况并不像他们期待的那样,走啊走,智异山还是没有出现,只有弯弯曲曲的路无尽地延伸。

* * *

毛骨悚然之感让他睁开眼睛。好像是突然遮住太阳的乌云,不过感觉有些异样。他睁开眼睛的瞬间,与另一双正在俯视自己的眼睛相遇。他很吃惊,外面的眼睛似乎也很吃惊。暂时消失的眼睛回来了,两双眼睛重新相遇。里面的眼睛要比外面的有力。外面有阳光,再加上车窗贴膜,看不清里面,在里面却可以清晰地看到外面。他站起来,外面的眼睛瞪得很大,流露出紧张神色,却没有像刚才那样消失。

"你是谁?"

应该是他问才对。外面的眼睛在偷窥,而不是里面的眼睛。里面的眼睛被外面的眼睛吵醒了。他应该继续睡觉,睡到凌晨的寒意消退,早晨温暖的阳光照进来,可是他不得不落下车窗。看上去有八十多岁的老人悬在车窗上看他。老人很瘦,个子好像很

第6章

高，其实是车边有块大石头。老人站在石头上盯着他，直到他醒来。

"你是谁？"

"我还以为你死了呢。"

听到说话声，她坐起身来。老人轮流看他和她，又问，你们是谁？他回答说，附近有村庄吗？这是什么地方？昨天夜里，他跟随河水的声音行车，直到累得无法继续驾驶才停下来。老人眉头紧皱。无奈之下，他只好解释说，我要去智异山，走了很长时间也没找到，夜深了，身体也累了，就在路边过了一夜。老人依然皱紧了眉头。他不得不继续解释说，我和她不是危险人物，也不是悠闲地旅行，因为有事要去智异山。老人仔细观察他和她的打扮，问他们是不是要去绿茶园。绿茶园？问过之后，他又急忙问道，这附近有绿茶园吗？老人咂着舌说，既然要来，就早点儿来，你们也太晚了，他们早在春天就来过了。谁来过了？老人责怪他说，当然是干活的阿姨了，还能是谁。他喜形于色，用男人吗？老人训斥他说，你耳朵都听什么了，茶叶早就采完了，现在剩下的都是太硬不能喝的叶子。唉，是吗？尽管不是来找绿茶园，然而听说现在不需要采茶叶，他还是很失望，重重地叹了口气。老人呵斥他说，你这么慢，什么工作也找不到。他说自己不是来找绿茶园，而是来找智异山。

"不是来采茶的？"

"不是。"

"那你是来摘竹笋的吗?"

老人自言自语似的嘀咕。

"附近还有竹笋地?"

他也不是来找竹笋地,却还是欣喜地问道。老人轻轻地笑了笑说,竹笋上周都摘完了啊。老人一笑,露出长满黑色牙垢的牙齿。老人像个微笑的骷髅,"不考虑蕨菜吗?"他这才意识到老人是在捉弄自己。他很气愤,可是总不能跟老人发脾气,只能闷闷不乐地问这是什么地方。

"你不知道吗?"

"当然不知道,所以才问的。"

"你不是说要去智异山吗?"

"想去智异山,昨天。今天还不知道。"

"明明走对了,还说不知道。这里就是智异山,稗牙谷。你到智异山寻找智异山,真是愚蠢。"

"这里就是智异山?"

"我都说几遍了,你耳朵聋吗?"

"这里就是著名的稗牙谷?"

"我们这个地方很有名吗?"

"在书上看过。"

"我说呢。"

老人失望地咂了咂嘴。

"附近有村庄吗?"

/ 第 6 章 /

"当然有村庄,否则我怎么过来?过了桥一直往上走,有几户人家。"

他转头冲她笑了笑,谢天谢地。然后又看了看老人,问他要去哪里。老人说要步行去公交车站,乘车去镇上办事。远吗?远。要走多久?还要走两个小时。他想了想,瞟了一眼看着有八十岁的老人,又转头看她。她显得有几分落寞,对他的眼色毫无反应。他让老人上车。他以为老人会推辞,没想到老人说,既然你愿意,那就这样吧,然后迅速跑过来,坐上副驾驶的位置。他挪到驾驶席上,按照老人指示的方向出发了。

随后是一段非铺装公路。屁股剧烈地左右摇晃。时而向上抬起,时而重重跌落。他担忧地看着老人,老人似乎很享受这种颠簸,像乘坐游乐设施似的无比兴奋。老人察觉到了他的目光,说道:

"还不如我们家的按摩器呢。放着水泥路不走,我故意把你带上这条路,结果也不算太颠簸。"

他想争论几句,不料老人紧接着问道,那个女人不会说话吗?他通过后视镜观察她。她满面愁容,眼睛盯着窗外。喂,他叫了一声。她没有回答,也没有收回视线。说句话吧,他说。她还是不吭声,也不看他。他尴尬得涨红了脸,老人安慰他说:

"别管了,看来是不想说话,我也有这样的时候。"

又走了大约十分钟,终于到了公交车经过的公路,老人下了车。他坐在驾驶席上和老人道别,老人说:

"不要吵架,人生啊,也就是一眨眼。"

他没有回答,红着脸掉头返回。

老人重新给他指路。那是一条水泥铺装路,稍微有点儿颠簸,但不像非铺装路那么严重,距离也近多了。很快,他们就到了昨晚露宿的河边。稍事休息,他们继续前行。按照老人指引的方向,他们过了桥,走上陡峭的上坡路,汽车直喘粗气。他很担心车子会在上坡途中熄火,幸好没有。好容易过了无比陡峭的上坡路,进入缓坡,他对依然板着脸孔坐在后排的她说,到底怎么了?就算发火,也要先听听她怎么说,然而他的声音里已经火花四溅了。

"你为什么总是气呼呼的?人家是老人,老人家跟你说话,你就不能回答一句吗?我都尴尬死了。"

终于有人家出现了。房子没有聚在一起,每片像茶园的绿色天地边缘,都分布着一两栋房子。低矮的石棉瓦房顶,周围都是树木。

"你到底怎么了?再不说话我生气了?"

他沿着蜿蜒的上坡路继续前行,一副走到哪里算哪里的架势。偶尔有车从上面下来,他就前前后后地移动,寻找稍微宽阔的路,有惊无险地避让。比起狭窄的道路,他的车子显得太大了。路况不好,他的车又显得太弱,还不如牙上有垢,满脸黑斑的弯腰老人的双腿。

"说吧,我不生气。"

第6章

这句话产生了效果。那天她第一次看他。真的,他柔和地说。我发誓,不一会儿,他又这样说,让她放心。她终于说出了那天的第一句话:

"把手机给我一下。"

他顿时一惊,惊讶的心情不折不扣地反映在语气里。

"要手机?给谁打电话?"

她没说话。嘴上说要手机,却连手都不伸。趁她还没转头去看窗外,他赶忙叮嘱:

"绝对不能给你老公打。"

号码很长,接通时间也很长。听不见对方的声音,却能听到她的声音。她对咖啡厅服务员说对不起,为把对方吵醒而道歉,接着解释自己是谁,是谁的女儿,谁的姐姐,然后说想和母亲通话,请找一下。对方大概不愿意,她反复恳求。久违的老挝语令他倍感亲切。他看了看表,十点零三分,老挝应该是八点刚过。懒死了,他在心里骂道。在咖啡厅什么也不做,整天游手好闲的家伙,竟然因为睡懒觉而难为她。如果再见到他,一定不会放过,他暗下决心。好像终于说服了对方,她说三十分钟后再打过去,然后挂断了电话。他把刚才的决定告诉她,她没有回答。

"现在,我不会放过的家伙有两个了。"

他自言自语。玩忽职守的辅导班讲师和懒惰的咖啡厅服务员。尽管她还是没有任何反应,不过看得出来,她的心情已经好些了。车里萦绕着温暖的气息。好久没有体会这样温暖的感觉了,他打开车窗,吸了一口凉爽的空气。

"看到老人,你想起母亲了吧,那你直说不就行了吗?"

"我很难过,不知道自己在这里做什么。"

"还能做什么,我们不是在旅行吗?"

"我讨厌旅行。"

"稍等一下,遇到合适的地方,我教你开车。"

他赶紧把话题转移到驾驶。也不知道她是不是想学,他让她坐到副驾驶位置,亲自示范什么是出发和刹车,什么是前进和后退,同时解释什么是驾驶。

终于到了最后一个村庄。如果步行,还可以继续向上走,开车就没有路了。他伸着懒腰下车。大概有二十户人家,比路上的村庄都大。这么高的地方竟然有村庄,他觉得很神奇。她随后下车。两人一起走向村前的绿茶园,故意做出闻味的样子,深呼吸。看不见干活的人。村里也没有人。不是寒冬,也不是盛夏,却见不到人影,只有几条狗。不知是监视,还是欢迎,一条狗始终跟在他们身后。他赶了几下,狗做出后退的样子,随后又跟了上来。

她打电话的时候,他独自散步,发现了老人说的竹笋地和蕨菜田。在不知是山还是农田的斜坡上,竹笋和蕨菜独自生长。这里还是看不到干活的人。难道都在家睡懒觉吗?他自言自语。这时,狗汪地叫了一声。散步回来,她的眼圈红了。他试图不看她,把视线转向村庄。

/ 第 6 章 /

* * *

"还没走吗？"

他睁开眼睛，看到老人又像早晨那样盯着自己。他坐起身，环顾四周。周围有大树，头顶传来蝉鸣声，屁股底下是平板床……吃过午饭躺了一会儿，结果就睡着了。老人不是去镇上了吗，怎么会出现在这里？

"你看我是那种喜欢偷懒的人吗？办完事就回来了。"

老人手里拿着一把镰刀，用报纸裹住刀刃。他觉得不可思议，问老人是不是去镇上买镰刀。老人说是。要不要给你看看？说着，老人打开报纸，把锋利的镰刀递到他眼前。他吓了一跳，往后挪了几下。老人露出粘满牙垢的牙齿，嘿嘿笑了，几缕络腮胡也跟着笑。

"你媳妇去哪儿了？"

"哦，谁知道呢。"

"我来的时候，看见她和万福媳妇一起挖艾蒿呢。"

"艾蒿？"

"有一头疯牛，大概以为自己是熊，对艾蒿如痴如醉。"

"疯牛？"

"正好过来了。"

"正好过来了？"

他大吃一惊,往老人手指的方向看去,那不是疯牛,而是人,是女人,大概是万福媳妇和阿美。老人又笑了,似乎觉得他吃惊的样子很有趣。

万福媳妇是菲律宾人。她没说年龄,只说嫁到这里三年多了。个子比阿美高,也比阿美胖,年龄似乎也大得多。她却叫阿美姐姐。是因为我吗?这是第一次见面,应该不知道他的年龄。或者是对客人的尊重?可是从没听说有这种礼节。仔细一想,应该是语言问题。万福媳妇的韩国语不太熟练。如果万福媳妇的韩国语相当于幼儿水平的话,那么阿美就是初中生水平了。她们的差距如此之大。神奇的是,他听不懂的话,阿美却能顺利听懂,准确回答。不管怎样,脸上已经长皱纹的万福媳妇称呼尚显稚气的阿美为姐姐,他还是觉得好笑,同时也为阿美感到自豪,来到别人的村庄,却理直气壮地享受姐姐待遇。老人静静地看着语言不太熟练的万福媳妇和操着流畅韩国语的阿美,说道:

"还以为这姑娘不会说话呢,没想到说得这么好。"

阿美红了脸,万福媳妇一脸茫然。

万福媳妇挽起阿美的胳膊,说要带她去看自己的牛,还骄傲地说,买回来的是一头刚出生的小牛犊,现在已经长大,是自己喂艾蒿养大的。阿美看了看他。他让她去。她露出久违的笑容,话也多了起来。回忆着她在老挝时的样子,望着渐渐远去的她,他突然问老人:

"能不能让我们在这里过一夜,什么事都可以做。"

第6章

"什么事?"

"是,什么事都可以。"

"让你做什么,你就做什么?"

"是的,只要我能做到。"

"那你起来,走吧。"

他站起来,没问什么事。她在这个村庄里恢复了笑容。只要能在这里多住一夜,他就满足了。他从平板床下来,穿上鞋,来到村庄后面,那里正在盖房子。好像全村人都跑来干活了。别墅?看着又不像盖别墅的位置。民宅吗?民宅应该不会有这么大的规模。他问是什么建筑,老人说是村庄会馆。虽说是村庄会馆,但是里面有房间,有厨房,也有客厅。他点了点头。老人叫来干活的人们,介绍他。

"我带来一名工人,不要工资,只要让他在这里过夜就行。也难怪,这个年龄想拿工资的确有点儿难吧?"

他低头道谢。村里的人们把他团团包围,问他来这个山沟做什么。如果来玩水,那你走错路了;如果要去智异山,这边的路都不能走,你还是走错了路。大家七嘴八舌。他们大多是弯腰驼背,脸上长满黑斑的老人,最年轻的的也是一位四十来岁的男人。面对汹涌的提问,他无法回答,只能静静地站着。这时,老人替他说话了:

"应该是向媳妇展示韩国风景吧。"

随后又是一连串问题。媳妇是谁,媳妇在哪儿,展示韩国风景又是什么意思。

"一会儿看到就知道了。"

老人的话结束了众人的提问,然后把他介绍给那个四十来岁的男人。这个男人就是菲律宾女子的丈夫,也就是养疯牛的"万福"。

整个下午,他搬石头,砍树,和水泥,钉钉子。没有设计图。万福的嘴巴就是设计图。只要万福说把这个……把那个……这里应该……他就要跑过去干活。老人们似乎一点儿也不着急,跟在他身后,只顾看热闹。他做得并不好。二十年来他做过各种工程,却不是在现场挥汗如雨。当然,他也不是完全不会。每天都要出入施工现场几次,经常看工人们干活,自然学到了很多。老人们的评价也各不相同。有人感叹,有人咂舌。早晨那位老人说,供他吃饭应该也行吧?有人说,岂止是吃饭。有人说,年轻人怎么没劲啊。他听不下去了,你们不用干活吗?老人们这才四散而去。

那天夜里,他不停地呻吟。她抱着他说,千万不要生病啊。他这才睡着了。

以前也有过这种事。那时他在万象,一天工作结束之后,他经常和员工们喝酒。韩国员工只有他是孤身一人,没有家人陪伴。喝到一定程度,员工们纷纷回家,只剩他自己。这样的夜晚,他很想有人陪伴,往家里打电话,妻子责怪他吵醒了孩子,影响孩子学习,从来不理解他的孤独。一天,喝得酩酊大醉的他去了阿美的家,本以为阿美会生气,结果她非但没生气,还温柔地问他发生了什么事情。他这才睡着了。倒在地上,终于可以在没有孤独感的情况下入睡。

"想干活的时候,随时来吧。"

第二天早晨,老人说道。已经说了请留步,老人还是跟着他出了大门。

"我会的。"

但是他很清楚,以后不会再来这里了。因此他很内疚,紧紧地抓着老人的手。

"没有地方睡觉的时候,就来吧。"

老人独自生活,家里有四个房间。听说以前只有两个房间,全家挤在一起。孩子们长大以后都离开了家,老人的房间不但没有减少,还在原来的基础上又加了两间。老人说,这是为了孩子们回来的时候,随时可以接待。前一天傍晚,他看到老人的家,结构很奇怪,有种拆东墙补西墙的感觉。当然,这是有原因的。

"不要吵架。"

他和老人在门前告别。正要出发,万福媳妇出来了,站在大树下,没有继续靠近,只是满脸忧伤地望着阿美。他转头一看,阿美也面带悲伤,却没有下车跑过去,也没说回去吧,多保重之类,甚至都没挥手。她没有任何肢体动作,他就无法出发。无奈之下,他冲万福媳妇点了点头,算是告别,表示自己要出发了。又等了几秒钟,车子开始移动。后视镜里的万福媳妇不知什么时候哭了。

"认识一天,感情就这么深了?"

他半开玩笑地说,试图让阿美心情好转。她没有回答,可能没听懂他的意思。快要离开稗牙谷的时候,他认真地问阿美,又不是一个国家的人,分手有那么悲伤吗?她没有立刻作答。大约一分钟后,她才像生气似的说,韩国男人不理解我们的心思。他等她继续说下去,她却紧闭嘴巴,落落寡欢地坐着。他等得不耐烦了,于是问道,什么心思?她没有回答。他让她说话,并且安慰她说,你说出来别人才懂,你不说,谁能懂呢。就算想生气,也要先说出因为什么事,然后再生气。他说,女人最大的问题就是这个,嘴巴紧闭,让男人自己去猜。说完,他看了看她的脸色,接着解释说,我这么说不是为了让你难过,而是想和你好好相处。要想友好相处,两个人必须多交流。

"我们是看家的动物,不让我们出门。越是不让我们出门,我们就越想出去。"

起先他没听懂,马上附和说,这个混账。果然有效果。以前只说必要的话,而且吊人胃口,这回她终于敞开了心扉。

"丈夫们总怀疑自己被利用,担心我们会逃跑,爱发牢骚,而且非常固执。爱喝酒,而且耍酒疯。不商量,所有的事都一个人决定,我们只能无条件顺从。我们说话,他们嫌我们顶嘴,还生气发火。我们不说话,又说我们像熊,还是发火。让我们好好照顾

第6章

家,却不给我们钱。如果做饭不好吃,又会责怪我们。"

"到底是哪个家伙?"

"不把我们放在眼里,当我们是乞丐,若无其事地说我们愚蠢。我们为家庭做了很多事,却得不到正当的待遇。我听朋友们说,她们身体不舒服躺在床上的时候,丈夫们想到的是本钱。他们很生气,说本钱都没赚回来,又要花医药费。

"朋友中间还发生过这种事。有一天,家里的钱不见了,丈夫和婆婆翻了我朋友的包,当然不是我朋友偷的了,包里也没翻出钱,后来也没找到。丈夫和婆婆一直怀疑她,觉得她可能偷了钱寄回家里了。菜稍微少了点儿,花钱稍微节省,丈夫就说,你想攒钱寄回家吗?如果不节省,又会说大手大脚,节省了又遭人怀疑。我们好委屈。"

他悄悄转了下方向盘,不让她发觉。车身颠簸了几下,毫无防备的她身体剧烈地摇晃。他说对不起,路面凹凸不平,没办法。她这才系上安全带,他说有这样的人,也有很多人不是这样。趁她还没继续说,他问道,我们去哪儿呢?你知道蟾津江吗?然后自言自语地说,这里离蟾津江很近了。这时,他突然想起一件事,以前经常和她在湄公河里做过的事。

"我们去钓鱼怎么样?"

"所长不愿意听我说话,是吧?"

"不是,马上就到岔路了。我们得决定往哪边走。"

"都一样,你不也是韩国男人吗?"

他故意装出生气的样子,大声说道:

"你什么时候见我那么对你了?"

"现在还没有,以后可说不定。我怎么知道?"

"我不会的。我和其他男人不一样。你认识我五年了,还这么说?"

她一句话也没说。他突然想起什么,问道:

"对了,你母亲好吗?"

她没有回答。

"弟弟也好吧?"

她这才回答说,应该是吧。

"这段时间给他们生活费了吗?"

"没有。"

他想了想说:

"那我们给他们点儿生活费吧,下了山就去寄。"

"算了,好像我强迫你似的。"

"不,跟你说的话没关系。以前我也想过,一下子忘了。最近我们的情况有点儿复杂。下午找个近点儿的小镇。"

"我不知道。"

"好,你不用知道,我会看着办。以后要是有生气或伤心的事情,要先说出来。你看,说出来多好。现在我们要去钓鱼了?"

不知道路的时候,绕了很长时间,现在知道怎么走,很快就到了。他们算是爬着找到智异山,跑着离开,很快就到了蟾津江。

/ 第 6 章 /

他把车停在国道边,买了两根鱼竿,然后慢慢寻找合适的场所。

没想到天气这么热。不知不觉间,季节已经大步进入盛夏。一下车,炽热的阳光就从头顶倾泻而下。他在后备箱里翻了半天,也没找到可以遮光的东西,甚至连个箱子都没有。他说就当晒日光浴了。她问什么是日光浴。他解释说,就是静静地坐在阳光下,还吓唬她说,人得不到阳光的照耀会死呢。她说知道了,自己平时晒过足够的阳光,不用担心。她看了看他黑黝黝的脸说,所长应该也不用担心。他笑着说,谢谢。

坐在没有一丝阴凉的地方,盯着一动不动的钓鱼竿,远比想象中艰难。钓不到鱼,她开始不耐烦了,说要准备煮辣鱼汤,拿来锅和酒精炉,往锅里倒了水,放在酒精炉上,然后盯着他的钓鱼竿。他也厌倦了。不过,既然她已经放弃,他就不能放弃了。阳光照得他睁不开眼睛。刚刚说了什么日光浴,现在总不能逃到树荫下的车里。他也相信一定能钓到鱼。渔具店老板说,江里有鳜鱼、银鱼,还有鲤鱼。总不至于一条也钓不到吧。

她打了个长长的呵欠,问到底什么时候才能钓到鱼,还说肚子饿了,吃够了泡菜。他也一样。他也饿了,也吃够了泡菜。天气这么热,泡菜早就酸了。只要闻到味就不寒而栗,不煮熟是吃不下去了。

过了一会儿,阳光更加炙热。她的哈欠也更加频繁。没有鱼碰鱼饵,他随时更换鱼饵,还往鱼竿周围撒了鱼饵。他又想,或许就是因为鱼饵才钓不到鱼。渔具店老板推荐的是虾,然而谁也不能保证平时吃惯了虾的鱼不会对虾厌倦,说不定想要吃虾之外的食物,从未尝过的新鲜而特别的味道。一旦产生这种想法,他就觉得真有可能是这样,于是埋怨渔具店老板。说不定老板向其他垂钓者推荐虾,自己却用别的诱饵。回去的路上要到店里问个清楚。几个小时了,连一条鱼都钓不到吗?她在发牢骚,还故意气他说,与其这样坐着傻等,还不如去找弟弟,让弟弟钓鱼,这样更快。

"去吧,你去吧!我哪有时间钓鱼?我一辈子都在忙碌!"

他彻底忘了在湄公河钓鱼的事,大声嚷嚷着扔掉鱼竿,扑腾站了起来,又把装有小虾的纸箱子踢进水里。那一刻,他觉得自己终于从钓鱼中解放出来了。

最后,他们用前一天中午吃剩的饭和泡菜汤填饱肚子,就去车里躺下了。一条鱼也没钓到,身体却像钓了一百条鱼似的无比沉重。既然躺下了,他问,可以抱一下吗?她说不要。他生气了,暗下决心,以后再也不会对你好了。这样想着,他很快就睡着了。

第 7 章

姐姐小心翼翼地说,她把侦探叫到家里来了。家里?我惊讶地问。姐姐说,说不定会大声说话,怎么能在外边见面呢,多丢人啊。孩子们呢?智秀放假了,去加拿大进修,汉秀上学了,不在家。加拿大?我问。姐姐说,有个认识的姐姐在加拿大,会照顾智秀两个月。姐姐边说边拍胸口。

"孩子们还不知道吗?"

"我说爸爸出差了。"

说完,姐姐重重地叹了口气。平时略显年轻的脸终于像她本来的年龄了。虽然有化妆掩饰,不过在一个多月的时间里,眼角皱纹多了许多,皮肤也更粗糙了。仔细一看,好像还胖了点儿。姐姐一向以自己从未刻意减肥,却保持二十岁的身材而骄傲。我知道姐姐发胖的原因。

第二次从釜山回来,我去了姐姐的家。当时正午刚过,姐姐独自坐在餐桌前喝酒。节假日家人团聚的时候,姐姐都从不喝酒。因为哥哥,姐姐有空就发牢骚,说酒令人恶心。我太震惊了,站在原地看了几秒,最后走上前去,试图夺下酒杯。可是没等伸手,我就放弃了。姐姐说因为有孩子,夜里不能喝。夜里喝酒又不是什么好事,不过听姐姐这么一说,我就不能夺她的酒杯了。我坐在餐桌对面,静静地看着喝酒的姐姐。姐姐说:

"这些东西也能成为安慰,不对,最近只有这些东西能安慰我。酒穿过我的全身,告诉我说,没关系,没关系。下酒菜让我肚子里变得温暖,小声对我说,不是你的错,不用担心,不是你的错……不是你的错……你只是……失误而已。只是失误而已,可是……如果我不介绍他们认识,那会怎么样呢?至少结果会和现在不同吧?"

说到这里,姐姐扶着桌子站起来,走进卧室,说道:
"以后再听你说,我得赶在孩子们回来之前醒酒。"

"你是因为侦探才让我来的吗?"
"有你在身边,总比我单独和他见面好吧?"
"哥哥呢?"
"侦探给我打电话,说他和正孝无法沟通。好像是费用问题,说要和我见个面。我很紧张,不想在外面见面,在家见面又怕受到伤害。"

姐姐的确有点儿发抖。我劝她不要担心,没什么大不了的。姐姐的表情稍微平静下来。我们是两个人,姐姐做得对,我附

第 7 章

和道。

姐姐说探长快到了,要关上家里所有的窗户,打开空调。我们并排坐在沙发上,注视着对面的墙。我经常来姐姐家,坐在沙发上看对面的墙也不是一次两次,今天突然注意到以前未曾注意到的事实。那是一张全家福,照片上没有姐夫,只有姐姐和两个孩子。难道是故意剪掉了?其实并不是。姐姐也看到了我看到的东西。我没问。姐姐却听到了我没问或者不敢问的问题,做出回答:

"他这个人,我真不知道是否了解。"

我静静地听着。

"平时不在意,对有些奇怪的事情却又固执己见。"

姐姐说,那天就是这种情况。智秀和汉秀读小学的时候,难得全家团聚,姐姐提议拍一张全家福。孩子们不是特别高兴,也没有不高兴。问题是姐夫,姐姐以为姐夫应该最开心,谁知他拒绝拍照。姐姐问为什么。他说姐姐和孩子更像一家人,自己夹在她们中间显得很突兀。他不想用照片保存这样的场面。如果姐姐真的喜欢拍照,那就三个人拍好了。为了孩子,姐姐又劝了几句,最后也来了倔劲儿,真的三个人拍照去了。从那之后,姐姐再也没要求姐夫拍全家福。现在,挂在客厅墙上的照片就是姐姐家最后的全家福。身着正装的姐姐坐在椅子上,读小学的智秀和汉秀站在两边,手搭在姐姐肩上。

"一家之主的心理年龄比孩子还小,幼稚到极点。又不是撒娇,谁孤立他了?难道是我们故意疏远他吗?长期和爸爸分开,孩子们当然和他生疏了。他自己应该努力才对,结果主动疏远孩子,这还让孩子们怎么亲近?也不知道老挝是不是粘了蜜,让他回来都不听,反而让我带着孩子过去。他说只有他是一个人,没有家人陪伴,这是什么话?那些人是没有孩子,要不然孩子教育怎么办?如果是欧洲或美国还好,带着孩子去那么穷的国家干什么?我的生活重心不是陪老公,而是养孩子。你看看现在,他根本不考虑我和孩子,跟年龄和自己孩子差不多的狐狸精鬼混,私奔,太丢人了,我都没法跟别人说。"

"没有……消息吧?"

"要是有联系,我会叫侦探来吗?他的消息,我根本就不指望。这里都这个样子,在老挝做了什么,都明摆着的。"

"不会吧。"

"怎么不会,你还不了解男人这个东西。自私起来无人能及,不管什么事都以自己为中心,别人把他当成国王才满意。真的这样对他,他又觉得自己了不起,理所当然得到国王待遇。"

这时,门铃响了。姐姐做了下深呼吸,然后开门。不出所料,来的是侦探。侦探走进门,环顾四周,看到我之后尴尬地点了点头。侦探问我,那次你为什么直接走了?我假装没听见,不置可否。姐姐好不容易摆脱自责和愤怒,逐渐恢复平静。我和侦探不该在她面前谈论这个话题。

我们围坐在客厅沙发旁。侦探干咳两声,清了清喉咙,边吹

/ 第 7 章 /

边喝着热气腾腾的茶水。姐姐静静地看着他。不知道姐姐内心如何,至少表面沉着冷静,毫不动摇。

"为什么要约我见面?"

姐姐问道。侦探小心翼翼地放下茶杯说,跟您弟弟说不通,所以就给您打电话了。

"什么话说不通?"

姐姐的表情很平静,声音尖锐而冷漠。如果声音有刃的话,应该已经砍掉两三根手指了。姐姐又追问了一遍,侦探这才问姐姐,知不知道自己去了外地几次。

"不知道。"

侦探这么问不是想听答案,而是为了引出自己的话题。姐姐理直气壮地说不知道,侦探说话的节奏被打乱,难免有些慌张。姐姐又理直气壮地说,有三次吗?侦探说,明明知道,为什么说不知道?的确是三次,不过每次去外地不仅仅是点上句号,逗号、感叹号、问号一个都不少。三次可不仅仅是三次,他唠叨着说。

姐姐让他继续往下说。

"你知道跟踪别人有多辛苦吗?不知道行踪的时候,因为不知道而辛苦,了解行踪之后又因为了解而辛苦。觉也睡不好,饭也吃不香,卫生间都不能及时去,没有比这更辛苦的事了。要不然怎么会得痔疮呢。"

姐姐让他继续说。侦探来了兴致,唾沫横飞地大诉其苦。

"去智异山的时候,我差点儿丢了命。一位奇怪的老人说了些怪话,给我指了一条错路,我走过去又返回来,再走,后来我才发现,我是在智异山里打转啊。仅仅是这些吗?汽车滑入坡地,只好找拖车,说是马上就到,结果迟迟不来,太阳落山了,见不到人,又不知道路,只能听见野兽的叫声。我饿着肚子在车里瑟瑟发抖了整整一夜。如果来不了,也该打电话告诉我,不是吗?真是没常识啊。"

姐姐让他继续。这回侦探有些不快了,继续抱怨:

"奇怪的村庄,到处都是奇怪的老人。不知道他们是因为在山里生活变得奇怪,还是因为本来就奇怪才住进山里,反正我把照片给他们看,问见没见过这两个人,他们的回答模棱两可,也不知道到底有没有见过。非但没找到他们的行踪,还白白浪费了时间,伤了身体,又搭上了钱。"

姐姐让他继续。侦探有些不太自然地看了看姐姐的脸色,继续说道:

"不过吧,也不是毫无收获。即使那些奇怪的老人们只说怪话,也骗不过我侦探的眼睛。他们肯定来过这地方,而且很可能还在附近游荡。如果运气好,说不定几天之内就能找到他们……"

姐姐让他继续。"我的意思是说……"侦探卖了个关子,然后说道:

"花费比预算多,按照开始说的价格,根本做不到。他们说去日本就去日本,说钻山沟就钻山沟。我嘛,真够倒霉的。不过既

/ 第 7 章 /

然已经走到这步,怎么也该坚持到底,对吧?如果因为几分钱而就此放弃,那就等于丢掉到手的鱼,我的自尊心也容不下这种事。现在,我已经找到他们的行踪,马上就可以把他们找回来……问题是花费……预算早就花完了,而且……"

姐姐喝了口茶,好像要放下去,却又喝了一口。侦探一直在观察姐姐的脸色,看了我一眼,继续看姐姐。明明知道汉秀这个时间不会回来,我还是觉得不安,总往门口张望。沉默。姐姐会做出怎样的决定并不难猜测。选择余地很小。姐姐能做的只有一件事。姐姐肯定会满足侦探的要求,可是为什么要刻意制造紧张气氛呢,我想不通。这时,外面传来扩音器叫卖声,又甜又好吃的西瓜。姐姐适时放下茶杯。

"你可曾见过他们的身影,哪怕是脚后跟?"

侦探不置可否,不知所措的样子。

"可曾和他们擦肩而过?"

侦探没有回答,微微张开嘴巴。

"在他们使用手机之前,你可曾先一步找到他们?"

侦探答不上来,不安地注视着姐姐。

"坐等他们使用手机,这是侦探该做的事吗?迟一步去追踪,每次都空手而归,这样也算是侦探?"

侦探瞠目结舌,无法回答。

"与其把工作交给你,还不如我们自己去做呢。"

姐姐毅然决然地宣布。侦探摆了摆手,赶忙说道:

"您可不能这么说。您可能把侦探的工作想得太容易了,这是误会。我们是冒着生命危险去工作啊。请听我把话说完。"

"算了,以后不要再为这种事给我打电话了。"

意想不到的结果使侦探惊慌失措,甚至无力反驳。短暂的沉默。你可以走了。姐姐说这话的时候,侦探才站起身来。又是片刻的沉默。走吧,姐姐斩钉截铁地说。侦探终于慢吞吞地朝门口走去。他一边穿鞋,一边看我,仿佛在向我求助。出门的时候,他才想起求情,其实可以打折的……侦探的话却被姐姐重重关上的门挡住了。姐姐锁上门,长长地叹了口气,抚摸着胸口说:

"我都紧张死了。"

姐姐连续喝了两杯水,还是不停地深呼吸。一点儿也看不出紧张啊,我称赞姐姐。姐姐这才恢复了平日的自信。当我问姐姐现在打算怎么办的时候,姐姐的脸色立刻暗淡下来。明明有主意,声音却有气无力。

"不管怎样,还是得正孝出面吧?"

我半信半疑。首先是哥哥的身体状态能否信得过,现场会不会发生刺激他的事情?哥哥住院了,三天前才出院。这是完全不受哥哥意志支配的强制住院。为了哥哥的健康,姐姐秘密进行。

"我知道他出院之后还会继续喝酒,不过休息几天总比不停地喝好吧。"

住院的几天里,哥哥的四肢被捆在床上,注射营养剂,吃饭睡觉。原以为哥哥会发脾气要酒喝,没想到哥哥很安静。四肢解开

第 7 章

后,他也没有逃出医院,也没有突袭似的去商店。

我去看望的时候,哥哥站在床边。嘟嘟,我敲门,没人回答。我走进去,哥哥也没发现。我故意发出声音,哥哥也不知道有人来了,或者只是假装不知道。也不知道在想什么,他只是盯着窗外。直到我走进去二十分钟之后,哥哥才回头看我。你来了?那天,哥哥只说了这句话。

不管是否出于本意,毕竟戒了几天酒,每天好好吃饭好好睡觉,外表看起来要比从前健康得多。因为醉酒而黝黑的脸色也更明朗了,脚步更有力量。可是,尽管这样⋯⋯

"总比每天待在家里好吧。总要有人给他事做,他才会出门。活动起来才有生机和目标。哪怕不好,难道还会比这更糟糕吗?"

我无力反驳。虽然我对交给哥哥任务不太满意,可是也只有这件事能让哥哥出门。

姐姐和哥哥的通话时间很长。最后姐姐说,赶紧结束,准备出发,然后挂断了电话。放下电话,姐姐去厨房喝了杯水,走到沙发前,瘫坐下来。

"我们怎么会落到这个地步啊,我们只是和别人一样生活,可是⋯⋯又没犯什么大错,也没做过伤天害理的事,究竟为什么⋯⋯"

姐姐的劝导起了作用。第二天,哥哥就行动起来了。他开着姐姐给的车出门,有一天从九礼打来电话,有一天从河东、大丘、金泉打来电话。我从姐姐口中得知哥哥从哪里转移到哪里。有一次跟丢了一两天,有时在几小时之间,有时转眼间就把他们跟丢了。目击者的记忆并不总是准确,有时眼看要找到了,却又连续几天行踪不明,赶上运气好的时候,半天之内就能追上他们。

  我以为哥哥跟踪几天,找不到就会放弃,没想到哥哥如此坚韧。偶尔我会不理解他的做法。如果姐姐表现出这样的执着,反而容易理解。姐姐和姐夫共同拥有二十年的岁月和两个孩子。时间越久,背叛感越强烈。哥哥只不过和阿美生活了几个月,也不是因为相爱才结婚,听说他们每天争吵,互相撕咬,互相伤害。那他为什么不肯放弃,为什么完全不顾自己辗转全国各地,为什么每天夜里入住不同的旅馆拼命寻找?我无法理解。跟踪到一个多月的时候,连最初策划这件事的姐姐都劝哥哥回来,劝他就此罢手。

第 8 章

他没看地图。没有目的地,也就没必要看地图。他也知道,即使看地图,结果也没有大的不同。他的车随心所欲地在国道上行驶,想左转就左转,想右转就右转,想直行就直行。肚子饿了就停下吃饭,困了就睡觉。常常因为蚊子或飞虫而夜不能寐,白天睡觉的时间越来越多。不管怎么睡,身体还是很难受,像夏天盖着棉被。车上睡觉比他料想得痛苦。一方面担心村里的小混混戏弄她,一方面强烈渴望可以洗淋浴的封闭空间,怀念平坦的地板。现在,急需的不是淋浴设施和地板,而是其他。

他放慢速度,转头看了看她。明知她什么也没做,还是问她在干什么。她说在思考。他又问她思考什么。她说什么都思考。也不累,那么努力地思考,他称赞道。她有点儿得意地说,思考是她的特长。短暂的沉默。看着后视镜和外后视镜,他说,现在的世界到处都是毫无想法的人,很难找到像她这样努力思考的人了。短暂的沉默。她没有回答。他接着说,如果人们都像她这样思考,世界会变得更美好。她不耐烦地说,你为什么反复说同样的话,听起来像嘲笑。他大吃一惊,急忙否认,然后局促不安地解释说,不是嘲笑,是赞美。她紧闭嘴巴,不说话。短暂的沉默。确定后面没有车追随之后,他问她,我很无聊,你也无聊吗?刚才还说自己在思考各种问题,现在却忘了刚才的回答,她说好像是有点儿无聊。我让你不无聊好不好?他问,她立刻表现出兴趣,问他怎么做。

"我把我的腰交给你,你随便踩。"

她一头雾水地看着他。他看了看前后方。人的腰是最适合踩的,其次是酱引子。毒打起来最有趣的东西也是人的腰,其次是伏天的狗。短暂的沉默。她迟疑着问,我也要把腰交给你吗?他连连摆手说不用。一个人交出腰就够了。不管多有趣,也不能踩女人啊。短暂的沉默。她终于同意了。他打开双闪,停下了车。

他走到后排,躺了下来。她歪歪扭扭地站着,踩他的后背。他发出呻吟声。她问他疼不疼。他说不疼,又补充说,游戏机也能发出声音,现在我的声音就是游戏机的音效。她笑眯眯地说好玩,兴趣却没有持续太久。因为是斜站着的,她说脖子疼,腰也疼。为了好玩,应该忍受这种程度的痛苦,他说。但是没用。她跨到副驾驶席上。他只好起身,轻松地挪到了驾驶席。

沉默片刻。他吹着口哨,看她像是吃了亏似的表情,停了下来。趁她没反应过来,他问,旅行好吧?

第8章

"我想停下来了,旅行好累。"

这既是他想要的答案,又不是他想要的答案。为了引出他想要的结果,他心甘情愿地抛出诱饵。

"那我们停下来吧?"

"好。"

"要不要去老挝?"

"不去老挝,就在韩国停下来。"

"那不行。"

"为什么?"

总不能说没房子住吧。他说出了第二条理由。

"因为刺客,你老公说不定派出了刺客。"

她没有回答。

"刺客说不定会要我们的性命,我们不能在一个地方停留。过段时间,你老公也会放弃。我们现在是等待时机。"

她静静地听着,问刺客是什么。他说,刺客就是杀手。短暂的沉默之后,她说:

"哥哥不是那种人。"

他反驳说:

"他完全能干出这种事,绰绰有余。"

她又反驳:

"哥哥不会的。"

令人别扭的沉默持续良久。最后,他找到适合的妥协点,做出结论：

"即使你老公不会这样，我们也还是要小心。"

她没有回答，板着脸坐在那里。

经过金泉的时候，国道两边出现了广阔的洋葱地。草帽上面戴着毛巾的女人们趴在地上干活。他停下车，往洋葱地里看去。我们吃完午饭再走，怎么样？他问。她疑惑地看着他。他让她先下车。

他朝着洋葱地大步走去，一边走一边假装观察洋葱。正在拔洋葱的五六名女人慢吞吞地直起腰看他。他停下脚步，拔起一个洋葱，放到眼前观察。不错啊。他自言自语，女人们不可能听见。

走到女人们跟前，他说，天气这么热，你们很辛苦啊。他看了看放在田间的手扶拖拉机，问这片地的主人是谁。一个女人说没有主人。他做出惊讶状，那么是共同耕作吗？他问道。一个女人问他什么是共同耕作，还有人说怎么没有主人，另一个女人说主人在家准备午饭。这时，有人问他来这里有什么事。他做了自我介绍，我是来买洋葱的，批发给饭店或者卖到农产市场，也放在卡车上自己卖。说到卡车，他转头看了看后面的阿美，仿佛要卖洋葱的人是她。一个女人抬头看了看太阳说，该来了。他假装不明白什么意思，什么该来了？还能是什么，当然是地主人快来了，一个女人气呼呼地回答。哦哦，他连连点头。

地主真的很快就来了。他刚抽完一支烟，地主就顶着大大的橡胶盆出现了。他接过上了年纪的主人头上的橡胶盆，又接过后

/ 第8章 /

面的年轻主人头上的橡胶盆,放在地上。看着像是婆媳的两位主人说,谢谢。他谦虚地说没什么。然后他说明自己的来意。女人们围过来,在洋葱已经拔完的地方铺上报纸,拿出橡胶盆里的东西放在上面。他努力不看报纸上的东西,眼睛却又总是忍不住转向那里。他和她都不会做饭。偶尔在饭店吃,为了节省开销,最近几天都用泡菜和两三样小菜填饱肚子。对他们来说,吃饭不是享受,而是为了维持生命。看到铺在报纸上的午饭,他们不能不瞪大眼睛。虽然从家走到洋葱地,但是该热的看起来还是足够热,该凉的看起来也凉得酸牙,该新鲜的连水珠都显得很新鲜,该熟透的也显得熟透了。他目不转睛地盯着食物,上了年纪的地主人说:

"如果还没吃饭,那就一起吃完再谈吧。也没特意准备什么,不过米饭还是足够的,让你媳妇也过来。"

他立刻坐在报纸上,说了句谢谢。又说他会帮忙拔几个洋葱,算做饭钱,还夸夸其谈地说在地里吃饭最香。女人们笑出了声。没有草帽的他和她满头大汗地吃饭。他连连感叹说好吃。这是真心话。一个女人看着她说,应该不合胃口吧,没想到这么爱吃。她涨红了脸,却没放下筷子。另一个女人看着他,开玩笑说好像饿三天了似的。其实和饿肚子没什么区别,不过他没说。又一个女人说,吃饭吃得这么香,一定很有福气。其实他从小就挑食,不过他没说。又有一个女人说,看你吃这么多,要是付饭钱的话,恐怕要拔完地里的洋葱才行啊。为了把半真半假的玩笑升华成真正的玩笑,他夸下海口,今天要让他们看到自己拔洋葱的剪刀手。没有人笑。

年轻的主人把碗收起来,其他女人都走了,说要去解手。他悠闲地坐着抽烟。上了年纪的主人看着他。阿美独自坐在烈日下拔洋葱。

"多少钱能卖?"

"你先说吧。"

地主人犹豫片刻,让他先说,可见她不是第一次谈判。不过,他也不是好欺负的。

"您比我年长,又是主人,您先说吧。"

主人说,这里还谈什么年长,什么地主人,买洋葱的才是主人,别人怎么能算主人?这话好像也有道理,他刚想点头,立刻恍然大悟,谦虚地说,洋葱还没买到手,怎么能称得上是主人,主人理所当然是这片地的主人。主人感动于他的谦虚,做出不得已的样子,说出了金额。他搔了搔头。他说过要买下整片地的洋葱,金额肯定不是小数,没想到比预算多出那么多。主人看了看他的表情,说最近洋葱很好卖。他只是挠头,没有回答。主人问,那你想多少钱。他先强调今年洋葱大丰收,然后说出了比主人要价低很多的数字。这回轮到主人挠头了,烫发上面粘了泥土也不介意。

"价格谈不拢,怎么办呢?"

他说。他生怕主人同意降价,焦虑不安。为了不让对方看穿

第8章

自己的心思,他叼起一支烟。主人看了看抽烟的他。他看了看拔洋葱的阿美。解手的女人们回来了,准备干活。她们戴好草帽,又紧紧地系上毛巾,不让毛巾滑落。

"草帽上面为什么要系毛巾?"

他问道。一个女人说这样更凉快,有人说是为了遮挡阳光,还有人说为了擦粘了泥土的手。最后听到的答案是因为大家都这样做。他点了点头,同时看了看主人,露出灿烂的笑容。主人不知道他为什么笑,显得很困惑。他急忙问道:

"一箱洋葱多少钱?"

主人目瞪口呆,犹豫片刻,报出一个数字。从一整片地到一箱,她说出的是让对方能接受的价格。

"那么两箱多少钱?"

主人目瞪口呆,答不上来,想了一会儿才说出价格,只是比刚才的价格提高了一倍。他捻灭烟头,本来要买一箱,现在打算买两箱,难道不该打个折扣吗?主人想了想说,那倒是……主人话已出口。他又说,买洋葱的人亲自到地里拔洋葱,不该更便宜吗?主人又想了想说,怎么说也得……还没等主人反应过来,他说,好吧,我买两箱,然后把擅自确定的钱数塞到主人手里。主人疑惑地问,你不是要买整片地的洋葱吗?他没理会。

阿美拔的洋葱就足够装满两箱。他向主人道别,然后把箱子装上车,又冲戴草帽的女人们挥手。她们也向他挥手。他面带微笑。她们也微笑着向他告别。

/ 我爱劳劳 /

* * *

"我想上厕所。"

他艰难地抬起头说,去吧。她闷闷不乐地坐着不动。他又艰难地抬起头说,外面漆黑,伸手不见五指,哪里需要我在旁边放风。她生气了。的确漆黑,还没到伸手不见五指的程度;虽然没到伸手不见五指的程度,但正因为天黑,所以害怕。现在没有人,随时都可能有人出现,为什么偏偏把车停在河坝上,村里可以清清楚楚地看到这个地方。这回他也生气了。

"你没看见我难受吗?能开到这儿已经是奇迹了。弄不好在市场里都能睡着。"

那天下午,为了处理洋葱,他开车去了乡村集市。到处打听才找到市场,那里果然有很多餐厅。他走进最先看到的餐厅,开始讨价还价。餐厅说他们有自己的蔬菜供应商,不过还是对他的洋葱表现出兴趣,只要价格比供应商低,他们应该愿意买。当务之急是把洋葱处理掉,于是他降低利润,本来也不是为了赚钱才买的洋葱,只要不亏本就算万幸了。这种情况下,哪怕赚出一碗牛杂汤的价格也算盈利了。这样一想,他就安心了。抛弃贪欲,很快就卖掉了一箱洋葱。两家餐厅,每家买了半箱。带着剩下的一箱洋葱,他去了第三家餐厅,讨价还价再次成功,又卖出半箱。

四下里张望,寻找下一家餐厅的时候,有人挡在他面前。这

第8章

是个健壮的年轻人,看上去有三十岁出头。

"你跟我来一下。"

他看了看青年。青年走出几步,回头看了看。

"我让你跟我来一下。青年又走出几步,回头看他。

"没听见吗?我让你跟我来一下!"

他仍然看着青年说:

"这不是来一下了吗?"

青年大步走过来,抓住他的胳膊,拉起来就走。看来这是个听不懂玩笑的青年。这样想着,他任由青年拉着自己往前走。他也不想被人强拉硬拽,却也不想主动跟随。站在原地撑着不动,力气又不足以和对方抗衡。

青年把他拉到市场后面的僻静胡同,一个人也没有。所有的建筑围成一圈,露出简陋的后背。每栋建筑都被岁月的污垢和疲惫笼罩。不知是小溪还是下水口,脚下有水流淌,很脏,还有浓浓的臭味,站上几分钟就想呕吐。他想皱眉头,捂住鼻子,却忍住了。青年站在眼前。这个青年不懂幽默,弄不好这个动作会引起误会。他为对方考虑,既没皱眉,也没捂鼻子,然而努力毫无效果。青年使劲推搡他的胸口。青年静静地看着他被推到后面,又朝他的洋葱箱子踢过去。他扭转身体避开了。他急忙把箱子放到地上。青年问道:

"知道你做错什么了吗?"

他说不知道。青年拿起一个洋葱,扔到小溪里。洋葱破了,这个举动有效地传达了青年的意思,胜过千言万语。他看了看流着汁液的破碎的洋葱。

"知道你做错什么了吗?"

青年又问。他犹豫不决。这时,青年又拿起一个洋葱,扔进了小溪。洋葱碎了,唤起他的警觉。他赶紧说好像知道了。青年露出微笑。

"你种田吗?"

青年说着,又推了他一下。不是"你想死吗",也不是"要不要跟我较量一下",而是"你种田吗"。这个问题再普通不过了,有必要推胸口吗?青年的确推了他。他说是的。青年说,种田的人就要好好种田。他说知道了。青年又问了一遍,你听懂了吗?为了让青年相信,他又回答了一遍。青年踢了一脚洋葱箱,转身走了。

一次也没出现餐厅和洋葱这两个单词。不过,他还是带着洋葱箱静静地回到车上,她在等他。离开那里之后,他才意识到为了保护洋葱转身的时候,或者胸口被青年推的时候扭伤了腰。扭伤的是腰。自从意识到腰扭伤之后,他感觉全身都疼,肩膀、腿和后背都疼。仿佛全身都在呼喊,我们是同心同德的一体。

"你知道那些家伙多狠毒吗?"

他不能说自己被一个人欺负,也不能说只是被推了下胸口。他想起高中时代读过的武侠小说,于是把主要内容进行压缩,讲给她听。

她在啜泣。他吓了一跳,你哭了?他问。没有,她又啜泣。

/ 第8章 /

他心生怀疑,坐起身来,你真的在哭啊?她说不是眼泪,是鼻涕。怎么会流鼻涕?不知道,自己就流出来了。他打开室内灯看她。潮红的脸上真的在流鼻涕。他找到纸巾递给她,然后摸了摸她的额头。大夏天的竟然感冒了,他说。

"我想回家。"

"家?哪个家?"

"……"

"老挝的家?还是我们的新家?不会是……安山的家吧?"

她没有回答,用纸巾擦干鼻涕。仔细一看,她的眼里毫无生机,烧得通红的脸显得疲惫不堪,嘴角起了泡。再仔细看,本来就很小的脸更小了,窄窄的肩膀更窄了。

"起来,我们走。"

说着,他先站起来,下了车。她仍然坐着看他。他说,上厕所。她这才站起来。他拿好手电筒和手纸,走在前面。

"顺便上个大号吧,知道吗?"

一眼就能看到村庄。河坝内侧是村庄,外面是河。大概是为了保护村庄不受洪水侵害才修建了这个堤坝。村庄中间亮着一盏路灯。路灯的光芒当然不可能到达河坝。月光很亮,足以辨别是人还是动物,是石头还是树木。

他朝河边走去,有楼梯,不过很破。楼梯下面长着一堆堆的水草,还有垃圾,可见人们并不是通过楼梯到河边。他拉着她的手,又往下走了几步,然后稍微隔开距离,各自蹲了下去。

解手不容易,身体处于彻底关闭状态。身体是被迫关闭的。现在可以打开了,却很难打开。有时需要关闭,身体却处于开放状态。需要打开的时候,却又打不开。她的情况更严重,经常脸色蜡黄,消化不良。该排出的东西排不出来,却在荒唐的场合排出荒唐的东西,折磨他们的嗅觉。这种时候不是他就是她,不是她就是他。事实明摆着的,他们俩却坚持说自己不是罪人,最后只好上演停车互相闻味的好戏。因为他们总在同一时间吃同样的东西,发出的气味也一模一样,只要对方不坦白交代,谁都无法证明对方的罪行。每次争吵都无果而终。

"月光真美。"

他抬头看月亮,情不自禁地想起了孩子们,不是他们现在的样子,而是小时候在他面前卖萌的场面。孩子们更喜欢缠着他。两个人为了争夺他而在他的胳膊或腿上荡秋千。孩子们渐渐长大,越来越聪明,越来越独立,甚至到了可怕的程度。孩子们很少见到他,偶尔见到晒得黝黑的他,穿着热带衣服在家里转来转去,孩子们也表现出极度的陌生。其实他对孩子们也感觉陌生。不理解孩子们的文化,也听不懂孩子们说的话,跟不上孩子们的思考方式。孩子们并不把他当成生养自己的父亲,而是像对待落后国家的工人一样。有时候,他也像对待富家子弟那样对待孩子们。尽管这样,当他知道孩子们为妈妈惋惜,怀疑妈妈为什么要嫁给他这样的人,他还是有种遭人背叛的感觉。他没有忘记自己是为谁辛苦,孩子们却不愿想自己是因为谁才过上幸福的生活。

/ 第 8 章 /

两种想法之间的差异大得出人意料。

"有月光真好,可以看到你像瓢一样的屁股。"

像从前一样,即使他不在,孩子们依然健康成长,好好学习,好好生活。

"不要看,讨厌。"

现在,他只有一个心愿,就是不要出现在孩子们的视野里,不让孩子们看到父亲的耻辱。

"我也不想看,可是我自己的眼睛,想看哪儿就看哪儿,难道不行吗?不想看也还是能看到,有什么办法?"

"闭上眼睛不就行了吗?"

没有他,孩子们也会过得很幸福。

"我的平衡感不好,闭上眼睛会摔倒。如果我摔倒了,你给我洗粘了大便的衣服吗?"

"脏死了。"

"闻到味了,看来你也终于开始了。"

"你的味道更重。"

"别胡说,风从你那边往我这边吹呢。"

他已经解决了问题,还是蹲着不动。腿麻了,只能轮流用一条腿支撑身体的重量。她终于唰啦唰啦地站起来。他也站起来了。腿伸不开,差点儿没摔倒。回去的路上,他问她,轻松了吧?她噘着嘴不回答。

他把一瓶酒均匀地分成两杯。大约倒满了杯子的三分之二。在一个杯子里撒了辣椒粉,然后用勺子搅匀。

"要是有劳劳就好了。越是烈酒,效果越好。"

他很遗憾。辣椒粉溶化得差不多了,他把杯子推到她面前。她问这是什么。

"加入辣椒粉的白酒,你听说过吗?"

这个答案让她不满足。

"得治好感冒啊,没有药,只能喝这个了。这是民间偏方,放心喝吧。一夜就能好,你知道这种方法吗?"

她问什么是民间偏方。

"母亲教我的方法。以前都是喝这个治感冒。"

哦哦,她这才点头。他拿起普通白酒,她拿起加了辣椒粉的白酒,干杯。她皱着眉头,分几口喝了下去。他拿出点心,自己吃一部分,给她一部分。看看到底是不是真的有效果,他说。因为嚼点心的声音,她没听见。她在忙着安抚自己火辣辣的喉咙和肠胃。

什么东西敲打窗户啊,刺耳的声音把他从睡梦中吵醒。这种事不是一次两次,他一下子就明白了。外面在下雨。他把车窗关上一半,又躺了下去。因为潮湿,感觉全身都软软的。大概睡觉的时候流了汗,内衣都湿了。也许是喝酒的缘故。他看了看她。以为这一夜她的感冒说不定已经好了,可是她的脸依然通红,头发湿漉漉的,好像是鼻子堵了,她用起泡的嘴巴艰难地呼吸。这

/ 第 8 章 /

个民间偏方骗人,他自言自语,马上又说,或许辣椒粉放得太少了。他没有再次准备加入辣椒粉的白酒。

一大早,乡村就忙碌起来。白天太热,不适合工作,人们利用清早和傍晚的时间干活。村里人有的坐卡车,有的身穿雨衣骑着摩托车,有的撑着雨伞步行,从他们身边经过时都会停下来往车里看一眼。陌生的汽车似乎唤起了他们的好奇心。为了减少村民们的怀疑和辛苦,他放下一扇车窗,逐一跟窥视的人们解释。

"昨天太晚了,我们……未经允许就进来了。"

凭借自己的经历,他知道越是距离城市近的村庄,越是排斥外地人。

一对撑着雨伞走过的中年夫妻看了看她,问她哪儿不舒服。他说她感冒了。中年夫妻咂着舌头说:

"在路上生病最悲惨了……"

他点了点头。夫妻俩商量片刻,说家里有个空房间,如果他们愿意,可以休息几天再走。总比在车里睡觉好吧,他们担忧地说。他没有立刻回答,转头看了看她。她小声说,不用了。他问中年夫妻,附近哪儿有药店和旅馆。中年夫妻说镇上有。他问镇上在哪里。中年夫妻为他指了去镇上的路。他说谢谢。中年夫妻仍然站在那里不走。他只好请他们让一让,说要关上车窗。中年夫妻后退了一步。他关上车窗,挪到驾驶席上,出发了。快要走出村庄的时候,他通过倒车镜看到中年夫妻仍然站在那里,注视着渐渐远去的汽车。

大约十五分钟后,他们到了镇上,在一家招牌掉字的旅馆订了房间。她留在房间里,他独自出门,拿着从旅馆借来的伞,在镇上到处寻找。第一家药店没开门,第二家药店开着门,却没找到老板。他犹豫了一会儿,开始呼唤老板。老板从阴暗的角落里慢吞吞地走出来。好像是刚睡醒,后面的头发压在一起。他买了感冒药和退热贴,离开了药店,继续在镇上转。地上到处是水坑,他走得小心翼翼,还是被泥水溅湿了裤子。他在客运站附近发现一家正在营业的饭店,走了进去。等待食物的时候,他甩掉裤子上的泥,又用纸巾擦干裤子。食物刚上来,他就把食物和配菜放在托盘上,端着回旅馆了。

她病了两天两夜。他们在同一家旅馆住了四天。这期间他在镇上闲逛,有时去茶馆喝咖啡,有时去台球厅打台球。当他确认了存折余额之后,尽可能不再做花钱的事了。

第四天,他们开车十五分钟,去保留着他和她的排泄物的河边钓鱼。楼梯还是没有人走过。垂钓者把车停在国道边,在楼梯对面河边的宽阔岩石上钓鱼。他安下心来,很快投入到不用花钱,或者花钱很少的业余爱好中了。

第 9 章

他用脸盆接满水,放入鲫鱼,往楼下走去。前台的男人大呼小叫地问:

"哪儿钓的鲫鱼?"

他说是在开车十五分钟到达的河边,然后问男人有没有看到和他一起来的女人。

"那条河里有这么大的鲫鱼?"

他说是的。那条河流速很慢,像水库一样积了很多水。一眼就能看出水脏,钓来的鱼是否可以吃令人怀疑,不过这里的垂钓者多得出人意料。饭店老板向他推荐的这个地方,看来没错。他无聊地等了两个小时左右,终于钓到一条鲫鱼。对于看惯老挝大鱼的他,这不算什么,然而其他垂钓者都围过来感叹。大约有三十厘米长。别的地方不确定,但在这条江里还是第一次有人钓到这么大的鱼。他耸了耸肩膀,立刻结束了钓鱼。现在只剩下向她炫耀了。他回到旅馆,等待着恢复名誉的机会。

"没看到和我一起来的女人吗?"

男人的注意力全部集中于鲫鱼了,没有回答他的问题,而是问他打算怎么处理。他看着门外,说不知道。男人说,晚上我们做蒸鱼吃吧。他心不在焉地点了点头,同时观察一层大厅。没有看到她的身影。确定可以吃到蒸鲫鱼,男人似乎放心了,这才问他找什么。男人的注意力总算转移了,他终于放下心来,问有没有看到和他一起来的女人。男人说没看到,接着又问,一起来的女人是谁。他解释之后,男人改口说看到了。他刚想问什么时候出去的,男人马上补充说,没有看到她出去,几天前的早晨看到她进来。

"你在耍我吗?"

他发怒了。男人畏畏缩缩地走到了前台里面。

"应该是出去一会儿,至于为这点儿事情激动吗?"

他没理会男人的话,上楼回到房间。按照时间顺序,从早晨开始回忆。他们八点起床,早饭吃的外卖。她多睡了一会儿,他去卫生间洗漱。他出来的时候,她醒了,用他倒的水服了药。感冒进入尾声。没去医院,从三天前,感冒的气势有所收敛。到底还是年轻好啊,他开玩笑说。不过还不能坐车动来动去,今天再住一晚,明天出发,他说。他开始准备外出。她说无聊,其实他也一样。她生病了,不能外出。身体健康的他不能一直闷在房间里。健康的人大热天从早到晚待在房间里,和下地狱没什么两样。

第9章

"以前不都是一个人好好待着吗？再坚持一天就行了，我马上就回来。"

他摸了摸她的额头，站起身来，去茶馆喝咖啡了。存折余额固然令人担忧，不过明天就出发了，这是最后一次。他和服务员闲聊了会儿，见他还是什么都不买，服务员就去别的地方了。他喝完咖啡，离开茶馆。镇上再没有可去的地方。能去的地方都去了，而且去了足够多次。他开车去河边。那么一条破河，却有很多人在钓鱼。他也加入，结果钓到了鲫鱼，立刻回到旅馆。他丢下对鲫鱼表现出强烈兴趣的前台男人，回到房间。她不在。打开卫生间的门，也不在。当时是下午两点左右。

他反复回忆各种场面，有的回忆了两三次，有的五六次，可是没有发现任何异常。和平时一样。她没有理由自己离开。她的箱子还在。箱子里有她经常戴在身上的护照和衣服。她一分钱也没有，连一张千元纸币也都由他管理。护照和衣服都没带，一分钱也没有，她不可能离开。难道是出去散步了？

他靠在墙上等待。从河边回来两个小时了。如果是去散步，时间也太长了。太长时间的散步不能算是散步，需要另外的名称，离家出走或者被绑架。没有离家出走的可能性，难道是绑架？如果归结为绑架，时间又太短了，而且出入小镇旅馆的人并不多。

他继续思考，不管是绑架，还是散步，只要她出去，男人就会看到。总是守在前台的男人没看见，那就意味着她可能还在旅馆里面。他扑腾站起来，挨个去敲旅馆的房门。旅馆共三层，八个房间,只有三个房间有客人,其他都是空的。想起在老挝时她过人的亲和力,不管房间有没有人住,他都走进去仔细翻找各个角落,连浴室、窗帘后和衣柜里面都找过了,还是没有找到她。

他对前台男人说,如果她回来了,请给他打电话,然后就出去了。他在镇上快步转了一圈。明明知道她没钱,却还是怀着试试看的心理去每家超市看了看。连录像机都没有,他还是连录像店都进去看了。他向几名认识的饭店老板说明她的长相,问有没有见过她,也都说不知道。到了傍晚,街上人多了起来。他仔细观察女人的脸。每个路过的女人都是她,又不是她。就这样在镇上转了两圈,他准备回旅馆了。距离旅馆越来越近,他才想说不定她已经回来了。虽然嘱咐前台男人给他打电话,可是前台男人明显信不过。他小跑着回到旅馆。前台男人叫他,他没理会,径直回到房间。她不在。筋疲力尽的他瘫坐在地。

"没找到吗?"

随后跟上来的前台男人问道。男人看了看他的脸色,都晚上了……他没说话,男人又说,要不我们边吃蒸鱼边等?他恍惚地看着男人,男人悄悄避开他的视线,自言自语道,难道去汗蒸房了?他问汗蒸房是什么。男人大吃一惊,反问道,你连汗蒸房都不知道?他说是的。男人想了想说,汗蒸房是暖身体的地方。火炕吗?他问。男人又想了想说,这样说也未尝不可。他暂时忘记自己要找她的事,问道,每家都有火炕屋,为什么要去汗蒸房暖身体?男人面露难色。他抬头看了看男人,男人低头看了看坐在地

第9章

板上的他。男人疑惑地问：

"你不会是在戏弄我吧？"

他疲惫地摇了摇头。男人再一次发挥耐心解释说，你可以把汗蒸房理解成像桑拿室一样的地方，可以出汗，可以吃东西，看电视，无聊的话还可以打牌、喝酒，偶尔还可以谈恋爱，或者免费试用按摩机，要是在家鬼混，只会挨老婆骂，所以都去汗蒸房。男人又补充说，对于没钱有时间的人们来说，汗蒸房简直就是天堂。竟然还有这样的地方？他真的很惊讶。男人一脸得意地说，如果你无聊，就去看看吧，那里有很多女人。他还说自己每周去一次。男人边说边露出灿烂的笑容。

他猜想她不可能去那种地方，不过怀着试试看的心理把鲫鱼交给男人，自己跑去镇上唯一的汗蒸房。果然有很多人。女人穿着统一的女士衣服，男人穿着统一的男士衣服，很难找到她。也有头蒙毛巾躺着的女人。他承受着人们的目光，逐一观察女人的脸，还是没有找到。他有气无力地回到旅馆。正在吃蒸鲫鱼的男人心虚地叫住他：

"一起吃吧，味道好极了。"

他没有回答，喝了杯水就回房间去了。

* * *

他不能离开小镇。她是在这里失踪的，要想找到她，也应该从这里开始。那天他彻夜未眠,第二天早晨就把行李搬上了面包车。车停在旅馆停车场里。找到她之前,他一步也不会离开这里。万一她回来,就会看到面包车,知道他还没有离开。

他像从前那样在车里吃饭和睡觉。除了吃饭和睡觉,其他时间都在思考。他做过种种假设。最值得怀疑的是镇上的流氓。看起来二十多岁的流氓们随时出入旅馆,有时订个房间彻夜喝酒,有时和女服务员鬼混。不管流氓们怎样胡作非为,前台男人和客人们都没有人提出异议。偶尔,流氓们喝醉酒找错房间,猛地打开他和她的房间。这种情况下他们应该道歉,然后把门关上才对,可是他们并不这样,反而好奇地看她。这样的事情发生过两三次之后,他每次都会把门锁好。锁上了就不可能被他们打开,然而流氓们还是会找错房间,锁上的门常常吱嘎作响。她也不习惯锁门。每次外出,他都千叮咛万嘱咐,让她把门锁好。病中的她未必每次都能记住他的嘱咐,并且照做。她什么事都容易忘记,性格乐观,对人不设防。因为在她的成长环境里,锁门并不是多重要的事。

他下了车,跑进旅馆。挂在门上的铃铛丁零零地尖叫。前台男人瞪大眼睛,看了看他。

"流氓,流氓们的根据地在哪儿?"

他大声嚷嚷。男人的眼睛瞪得更圆了。没办法,他只好大声说,就是经常来这里的流氓。男人似乎终于听懂了,呆呆地问,干什么?你还没走吗?对了,女人找到了吗?他们带走了我的女

第9章

人,他说。男人又无精打采地问,为什么?我怎么知道?说这话的瞬间,他的脑海里萌生了新的怀疑。怀疑的中心就是前台男人。产生怀疑的导火索是男人的反应。一旦开始怀疑,一切都值得怀疑了。

男人整天守在前台,却说没看见她出去。他失去她,不知所措,男人为了转移他的注意力而围着他团团转,把自己伪装成很会做鲫鱼的样子。他的演技太不自然。不管流氓们怎样在旅馆里胡闹,男人都不曾提醒,也没有驱赶。步行三分钟就能到达警察局,他却从来没有找过警察。偶尔还见过流氓们送给他东西。每当这时,男人都露出卑鄙的微笑。男人的致命失误是刚才的反应。他说流氓们带走了她,男人表现得过于泰然自若。正常人多少都会有些惊讶,或者非常震惊,要么会批评他胡思乱想。男人却不是,仿佛看穿了他的心思,很不情愿地问为什么。很多证据足以证明男人和流氓们同流合污,没有一条相反的证据。他飞快地转动脑子,做出了决定。

"这是因为……我好像中暑了。"

尽管不情愿,他还是歉然地笑了笑。男人也跟着嘻嘻笑了。他看着男人,又尴尬地笑了笑。男人从前台的洞里探出头来,笑嘻嘻地看他。他走出旅馆。

不问前台男人,他也有办法打听到流氓们的根据地。那就是台球厅。流氓们无聊了就会到台球厅玩。他们有时也打台球,更多的时间却是下五子棋,大喊大叫,或者玩斗蟑螂,大喊大叫。他们成群结队地来,对生意并没有什么帮助,所以台球厅老板不喜欢他们。台球厅老板肯定知道流氓们的根据地。

他跑到台球厅,正巧看见老板从里面走出来。他问老板去哪儿,老板说去卫生间。卫生间在一层和二层中间。明明看到他站在台球厅门前,老板还是问他要去哪儿。他说要去台球厅。老板面露喜色说,那正好,我去卫生间的时候,你帮我看一下台球厅。他说好的,你去吧。他跟着老板尴尬地笑了笑。老板手里拿着卷纸,不知所措站在那里,他总不能缠着人家询问流氓们的根据地。老板下了楼梯,他走进台球厅。

台球厅里空无一人,他突然想起一件重要的事情。武器。说是去找那些流氓,却连个武器都没带。就算找到她,也无法带回来。

他在台球厅里四处张望。球杆太长,不适合用作刀或剑。他小时候也没玩过打架游戏。这时,他看到了台球。中学时代,虽然不是投球手,而是击球手,但也经常有人称赞他在棒球方面有天分。还曾打碎过学校的玻璃窗。有一次,他不小心把从操场经过的校监老师打晕了。思忖片刻,他拿起一个红球和一个白球,塞进裤兜。两个裤兜鼓了起来。他环顾四周。角落里堆着过期的报纸。他拿起一张报纸,坐在椅子上打开,假装读报纸,剩下的那半报纸足以遮住裤兜了。

台球厅老板回来了。一脸清爽的老板和他目光相对,尴尬地笑了笑。他问老板那些流氓的根据地在哪儿。台球厅老板问,流氓?他做了解释。啊啊,老板说,你想找工作吗?他目瞪口呆,没有回答。老板说,恐怕有困难吧?他还是什么也没说。台球厅老板又说,他们自己也没事干,一半闲着,一半工作……他点了点头。可以理解,这里是小镇中的小镇。连个能骗到钱的夜总会都没有,也没有个像样的酒吧,市场上摆摊的都是驼背老人,一个小时就能收完所有的摊位费。

"所以扩张……"

他自言自语。台球厅老板竟然听懂了他的话,恐怕不会吧?就算扩张,也没有客人,扩张不了啊。没有人加入,也是因为没有客人。他惊讶得合不拢嘴巴。表面静悄悄的小镇令他刮目相看了。也许正因为这样,小镇才格外安静。他后悔没有早点儿离开这个犯罪窝点似的小镇,也为她的安全担心。没能听到他肯定的回答。台球厅老板问,一定要亲眼见到才相信吧?他没理解老板的话,不过想到可以和流氓见面,赶紧回答说,是的。台球厅老板让他从客运站向北步行五分钟,那里有个集装箱,常常停着两三辆黄色出租车,很容易找到。他说谢谢,然后保持着读报纸的姿势走出台球厅。老板摇了摇头,没有叫住他。

台球厅老板说得果然不错,他很容易就找到了集装箱。远远地,他看见了黄色出租车。不知是流氓还是骑士的人们,排列在集装箱周围抽烟。他深深地吸了口气,抬头看了看集装箱。

嗖嗖出租。

集装箱上面贴有"嗖嗖出租"的招牌。他犹豫着要不要进去。这时，一位去过旅馆的流氓从他身边经过，走进了集装箱。他这才明白，原来是伪装术。这种程度的伪装术，足以骗过从外地来的"客人"。

他用报纸挡住裤子口袋，走进集装箱。流氓共有四人。人数有点儿多，他一个人对付有点儿困难。一旦打起来，其他流氓肯定也会马上跑过来。开门见山地询问她的行踪，还是婉转打探呢？他犹豫不决。没有人注意他，于是他先坐在门边的椅子上等待机会。

里面只有一张书桌、两部电话，一张圆桌、两个沙发。除此之外，只有他坐的这把椅子了。流氓们忙着下棋，两个人用午饭做赌注，不亦乐乎地移动着棋子。还有两个人拿硬币玩猜单双游戏，赌咖啡，13局7胜制。每当棋盘上少了一颗棋子，或者一局猜单双游戏结束的时候，同时爆发出叹息和欢呼。这些流氓太无聊，太不像话了，他想。因为失去一颗棋子而陷入僵局的流氓突然转头，看见了他。他的手抓住裤子口袋里的棒球，开始用力。

"要坐出租车吗？"

他当然也听见了流氓的话。问他要不要坐出租车。

出租车，乘坐……

是的，这是只在这个小镇才行得通的暗号。流氓世界特有的黑话。不能再犹豫了。他双手各抓一球，站起身来。如果只有两个流氓就好了，可是没有办法。既然如此，也只能铤而走险了。他把力量集中在腹部，大声喝道：

第9章

"你们把我的女人带到哪里了?"

刚才问他要不要坐出租车的流氓摇着头说:

"我的女人?什么女人?"

流氓露出稀里糊涂的表情,演技比旅馆前台的男人强多了。他却没有上当。我知道是你们干的,快说,她在哪儿。只要你们把她交出来,我不会报警,而且我们马上离开。他还承诺,绝不向其他"客人"传播这件事。

"原来是旅馆那个……?"

猜单双游戏的流氓站起来。他立刻紧张起来,伸出胳膊,好像马上就要抛出台球。站起来的流氓吓了一跳,后退一步。当然,这只是暂时的。流氓很快又嬉皮笑脸起来,别的流氓似乎也想起他了,跟着笑了。一个人咆哮着说,你在哪儿弄丢了女人,跑到这里胡闹。另一个流氓挖苦他说,那么大年纪了,还整天和年轻女人鬼混,人家肯定是逃跑了。又有一个流氓说,带着女儿一般大的女人玩够了,现在也该收心回家了。

"会不会是胁迫非法滞留者?"

一个流氓提出疑惑,另一个流氓急忙回应:

"那我们应该报警啊,号码是多少?"

"119就行,随便来个人把他抓走,怎么样?"

看来好好说是不行了。他正要抛出台球的刹那间,一个流氓猛地翻过沙发,抓住他的双臂。眨眼间的事,被抓双臂的他尖叫着扔掉台球。一个流氓捡起掉落的台球,朝他腿上踢去。他忍不住失声尖叫。集装箱的门开了,他被推出门外。还没来得及踩到两级台阶,他就仰倒在地。本已受伤的腰再次扭伤,后脑勺又撞到了地面。不仅如此,脚也崴了,摔倒的瞬间手掌被地上的石头划破。围在集装箱四周不知是流氓还是骑士的人们看了看他,很快就失去兴趣,又开始抽烟喝咖啡。咣当,集装箱的门关上了。

他艰难地站起来,再次打开集装箱的门。这时,流氓们的脚又飞了过来。他被踢了个正着,直接摔倒在地。这次他很长时间都没能站起来。

正午时分,他艰难地回到车上,关上车窗,车门也关得很紧,然后躺在汗蒸房似的车里。过了一会儿,他呻吟着坐起身,打开收音机,又躺下。又过了一会儿,他放大收音机的音量,重新躺回去。主持人清亮的嗓音在车里蔓延。读信的人和旁边添油加醋的人似乎都开心得要命。他静静地听着。不知从什么时候开始,他哭了。前台男人惊讶地看着他,他都不知道。

*　　*　　*

他好几天没能站起来,每天躺在热乎乎的车里汗如雨下。前台男人偶尔来看他。只要看到男人的面孔,他就转过身去。他躺的地方不是家,而是汽车,两侧都有窗户,盛夏时节紧闭窗户无异于找死。当他翻到后面的时候,男人就绕到右侧看他。他再翻身,男人再绕到对面。他只好不停地呻吟着翻身。他不想看到前

第9章

台男人,也不想让男人看见自己的脸。男人不了解他的心思,也许是对他的呻吟产生了兴趣,只要往车里看,最少要往返十几次,看来看去,乐此不疲。这样折腾一番之后,两个人都大汗淋漓。有时,他甚至不知道是男人在捉弄自己,还是自己在捉弄男人,或者根本没有人捉弄他们,只有他们两个人在被捉弄。相比之下,男人在大汗淋漓之后则猛烈地摇动扇子,开心地说真凉快,还说出汗之后的风最爽,酒后喝的水最美味。每当这时,他都假装没听见。

身体恢复地差不多了,他又去找嗖嗖出租。这次他刚走进集装箱就被赶出来了。他没有放弃。第二天、第三天都去了,每次都狼狈而归。流氓们并不怕他。明知他在旅馆停车场,还是带着女服务员进进出出。偶尔也有其他女人,却不是他要找的她。这样过了好几天,最后他得出结论,也许犯人并不是这些流氓。他们太坦然,太麻木,没有犯人的样子。

那会是谁呢?每天从早到晚,除了吃饭睡觉,他都在思考。有时前台男人来找他下棋,他以忙碌为由拒绝。问他怎么不去钓鱼了,他也说忙。每次前台男人都连连摇头,盘腿坐着的他故意闭上眼睛。男人冲着石头般纹丝不动的他扇扇子,他并没有以忙碌为由赶开前台男人。

几天后,屁股长了茧子,膝盖也疼了。突然,一张面孔浮现在眼前。那人经常用贪婪的目光看她,用癞蛤蟆皮似的手随便摸她的额头和脸。即使锁着门,那个人也只要敲一敲,随时进入他们的房间。这个人就是餐厅老板娘。不管他在不在,餐厅老板娘每天都要给她送三次餐,每次都向根本不需要工作的她推荐需要她的餐厅。她,有时连他也要一边吃饭,一边被迫听那些并不需要的信息。

他跑到餐厅。看他红着眼睛跑来,老板娘大惊失色。客人们也惊讶地看着他。他的事情已经在镇上传得沸沸扬扬。一看到他,服务生立刻拿起话筒。他却不知道。他忠实于自己的感情。他已经习惯了挨打,不会因为害怕挨打而停下该做的事情。他举起椅子扔到地上。这个举动足以让餐厅里的人们魂飞魄散了。果然和嗖嗖出租不同。他有了信心,大声质问老板娘把她卖到哪家饭店了,并且瞪大眼睛,威胁老板娘交出来。

"我知道你一直对我的女人垂涎三尺!"

这时,他膝盖一弯,无力地朝前倒下了。当他知道发生了什么的时候,双臂和腰已经被警察束缚住了。胡闹开始没几分钟,他就被制服了。警察省略了录口供的过程,直接把他送进拘留所。他在警察中间也是知名人物。因为他,警察不止一次出动去嗖嗖出租。只因为报警的是第三者,而且每次受伤的都是他,所以才没有强行拘留。

那天夜里,他和两三名醉汉一起躺在拘留所里。泪水顺着脸颊流淌。听说哭过就能睡着,他却睡不着。不管睁着眼还是闭着眼,脑子里都充斥着她的身影。他无法相信她就这样消失得无影无踪。原以为她会永远和自己在一起,现在连她是生是死都不知

第 9 章

道。他无法接受这个现实。早知道这样,应该陪在她身边……连个招呼都没打就出门了……他有气无力地喃喃自语,现在已经无济于事了。

失踪那天,她说整天一个人在房间里好孤独,让他不要出门,留下陪自己。她说,他想玩格斯托就陪他玩格斯托,想玩纸牌就陪他玩纸牌,只求他陪在自己身边。他无情地拒绝了,还说对手总是输的游戏有什么意思,我也是整天一个人。他还自以为是地说每个人都要独自面对人生。她恳切地看着他,他仍然发牢骚说,你的药味让我喘不过气。他安慰她,再忍一天,感冒本来就是要多睡觉才能好。说完,趁她没有继续纠缠,他急忙离开了房间。

如果不这样就好了。如果知道那是最后一次,别说一天,就是一年也会陪伴着她。他后悔得捶胸顿足,恨自己暂时忘了她在自己生命中有多么重要。在老挝,他和她一起吃饭,一起看电影,一起游湄公河,一起去洞窟探险,游寺院。哪怕不起眼的小事,他们也开心地笑,转眼又因为鸡毛蒜皮的小事而争吵。此时此刻,这些瞬间都让他刻骨怀念。回忆和她在一起的点点滴滴,他终于忍不住放声大哭。醉客们对他破口大骂。警察来了,看到是他,咂着舌头回去了。

哭了大约三十分钟,他感觉脑子清醒些了。她到底去哪儿了?不,谁把她带到哪里了?突然,他想起一个人。她失踪之后,他不是第一次想到这个人。当他意识到她不可能凭借自己的力量回来的时候,最先想到的就是这个人。他又努力把这个人从脑海中抹去,尽量不去想。这个人就是妻弟。他之所以把妻弟排出调查网,也是因为他无法想象妻弟知道他在哪里却不理会。如果妻弟把她带走,理所当然应该带上他,不管以什么方式,肯定要让他付出代价。现在,她的行踪陷入迷宫,他不能不想到妻弟了。

  第二天,餐厅老板娘来警察署找他。女人咂着舌头说他受苦了。他说对不起。女人表示理解,还说他的脸色比初见时差了很多,虽然不知道是恋人还是妻子,终究是不可失去的人。女人接着说,即便这样,难道年轻人非要如此颓废吗?他一言不发。女人没给他时间,继续说,如果他赔偿椅子、桌子和镜子的钱,她会跟警察好好说,让他们放了他。女人说,要这点儿钱已经很便宜了,按照他昨天的举动,肯定要坐牢,但是感觉他像自己的弟弟,还是原谅了。呆呆的他说,我只扔了椅子啊。女人置之不理,只是不停地咂舌。尽情咂舌之后,女人才说,我洗碗的时候偶尔也会弄掉杯子,掉地的只有杯子,碎了的却有杯子、碗,还有盘子。我以为这点儿道理你会懂,没想到你这么笨。说完,女人又咂了咂舌头。他点头说,虽然扔了椅子,可是椅子没碎,桌子和镜子没碰,不过他愿意赔偿椅子、桌子和镜子的价钱。女人又长长地咂舌,然后默默地离开拘留所。

  那天傍晚,他从警察署回到旅馆,筋疲力尽地坐在停车场的花坛边。前台男人走过来,递给他豆腐。他看了看男人,看了看豆腐,然后又看了一眼男人。

  "刚从牢房里出来,吃豆腐最香了。"

/ 第 9 章 /

男人说。牢房,这个字眼太露骨了,他无法感动,然而心情又太低沉,做不到冷漠回绝。冷漠是虚张声势,只有在自己强大的时候才能表现出来。他低头看了看男人脏兮兮的指甲,接过豆腐。男人盯着他,他不得不咬了一口。男人咧嘴笑了笑,递过酱油碟。男人似乎在享受他的惊讶,等了几秒钟,这回递给他一瓶马格利。男人又咧嘴笑了笑,从口袋里拿出头灯,戴在头上,然后像监狱瞭望台的监视灯一样,以固定速度左右移动,轮流照着马格利、酱油和豆腐。他的手到达哪里,灯光就跟到哪里。周围还不黑。太阳落山了,不过够到马格利、酱油和豆腐还没有问题。他看着男人,觉得这个人好奇怪。当然,他没有表现出来。他和男人碰杯,喝了马格利。十几年没喝马格利了。如果和她一起喝就好了。想到这里,本来好转的心情又变得忧郁了。

* * *

从拘留所回来后,他每天减少一餐,只吃两顿饭。钱快花完了,这是原因之一,而且每天早睡晚起,不需要三顿饭的能量。他整天无所事事,却不能离开小镇。虽然不能保证她会回来,但他还是每天在小镇上转来转去。偶尔会有不认识的人和他打招呼,看到他惊讶的表情,对方才想起他是谁,一脸惊恐地迅速离开。别人只是觉得他面熟才打招呼,等到想起他的传闻的时候,生怕引火烧身,慌忙躲开。所以,没有人和他说话。不,只有一个人例外,那就是旅馆男人。男人每天都来找他两三次,跟他胡说八道。

他知道自己为什么不能离开小镇。如果离开了,他只能去一个地方。她只可能在一个地方。他不能立刻飞奔过去。哪怕有一点点良心,他也不能跑到那里。既想找回她,又对妻弟怀有歉疚和恐惧。他想尽量逃避,却又不能逃避,因为他现在只有她了。为了找回唯一的她,无论如何要闯一闯。他在镇上徘徊,拖延那一刻的到来。

有一天,前台男人发表了良心宣言。喝醉酒的男人到停车场找他。男人说有话要说,于是他下车,坐到停车场的花坛边。男人跟着走过来。男人没有直接进入正题,而是先兜圈子,说自己有四个孩子,旅馆里的保洁女人是自己的妻子。他说他猜到了。男人点头。沉默片刻,男人说他们家靠他们夫妻俩的工资辛苦度日,今年家里有一个大学生,明年就有两个了。说完,男人悄悄地看了看他的脸色,假惺惺地说,两个孩子上大学,怎么供得起啊。他渐渐失去耐心,开始扭动身体。突然,男人请求他原谅自己。

"上次有个男人来过,带走了你的女人。"

他看了看男人。喝醉酒的男人卑鄙地笑了。

"我想说的,可是老婆不让我说……"

男人说他收了钱,紧接着又补充说,收钱的不是自己,而是他老婆。

"我不想收,可是站在我旁边的老婆急忙拦住我,所以……"

男人说既然收了钱,就得遵守承诺,然后笑着说,家里有四个

第9章

孩子,生活很困难,老婆也是没办法。他强忍住沸腾的怒火,问道:

"既然要遵守承诺,那你为什么告诉我?"

男人这次笑得有点儿暧昧,挠着头拖延时间,然后做出无奈的样子,说没想到他会在这里蹲守这么久。他蹲守在这里,自己很不舒服,希望他离开停车场。他住在停车场里,使用旅馆的卫生间,使用旅馆的水,老婆总发牢骚。他再次压抑住汹涌的愤怒。为了让男人感觉到自己的威严,他压低嗓音,问记不记得那个男人长什么样。

"我不记得长什么样,但我背下了他的车牌号。"

说是背下了,男人并没有马上说出来。

"老婆让我至少把水费收回来,所以……"

他忍无可忍,猛地站了起来。男人惊讶地叫到,我说。他已经挨打多次,对挨打毫不恐惧,但是前台男人害怕。他已经胡闹过好几次了,再多一次也没有损失。男人却是这里的土著,损失很大,需要承担的责任也更多。

男人说出了车牌号。他从花坛边站起来,静静地走进旅馆,走向男人妻子睡觉的房间。他踢了房门一脚,就出去了。男人怔怔地看着他。

"如果你面前有门,我就踢你的门了。水费就当你说得太迟付出的代价吧。"

男人仍然一脸茫然地看着。他回到车上,发动汽车,出发。

不能继续停留了。他对男人的愤怒转化为对妻弟的愤怒。愤怒使他忘记了内疚和恐惧。怀抱着愤怒的火花，他连夜驾驶，一刻也不停。

第 10 章

  他走进去，妻弟侧过身体给他让路。他以为妻弟会惊讶或者愤怒，或者冲他挥拳，没想到妻弟如此冷静，仿佛等他已久。这种态度反而令他惊讶和愤怒，差点儿就挥拳了。想到"贼喊捉贼"这个成语，他强忍住了。做错事的是他，不是妻弟。按照常识，妻弟应该发怒或挥拳，妻弟没有。他应该感激才对。

  他坐在狭窄的客厅里。妻弟坐到对面。他开口说，我都知道了。妻弟没有回答。他看了看房间，有一扇关着的门。也许她就在门后，然而从妻弟沉着的态度来看，或许她被藏到其他地方了。他仍然为她担心。出轨女人的丈夫，和自己刚刚离开的那个小镇上的流氓并没有什么不同。这是他的想法，不，也许比镇上的流氓有过之而不及。

  他看了看关闭的门，问她好不好。她很好。他又问身体怎么样。身体很健康。有没有使用暴力？没有必要使用暴力。你到底是怎样吓唬她的……他说不下去了。妻弟大声说，需要暴力的婚姻算什么婚姻,吓唬和被吓唬的关系算什么夫妻。面对"婚姻"和"夫妻"这两词,他的沮丧程度超出妻弟的预想。

"都是我不好,她没有错。"

他说。妻弟说知道。听到这个意外的回答,他有些慌张,马上就后悔了。就算为了找回她,也不该这样说。

"你回去吧。你毕竟做过我的姐夫,我不想打你。像现在这样和你面对面,对我来说已经是一种酷刑。"

他默默地点头。可以理解,妻弟没有说出的那部分他也理解。他说对不起,早就想道歉了,还说不要原谅自己,也承认见面本身是酷刑。他继续说,如果面对我是酷刑,那面对她不也是酷刑吗?我来就是想帮你清除眼前的酷刑。妻弟露出不悦的表情。他继续说,出轨的女人,你怎么和她一起生活?我绝对做不到。出过轨的女人还会再出轨,你要把你的岁月都用来捉出轨的女人回家吗?妻弟更加不悦。他没给妻弟说话的机会,接着说了下去。女人多得是,大多数女人并不出轨,反而一辈子忙着寻找出轨的丈夫,妻弟你哪里不好,为什么要过这样的生活,如果你找不到女人,我可以帮忙。

刹那间,妻弟使劲拍打放在他们中间的饭桌。他大吃一惊,继而心虚,然后垂头丧气。妻弟随时可以砸桌子,他却不能。妻弟随时可以发火,他却不能。妻弟喘着粗气,斩钉截铁地说:

"我只是找回了我该找的,不用你管,你回去吧。以后不要再叫我妻弟,好恶心。"

第10章

他羡慕妻弟,有多羡慕就有多沮丧。妻弟只要想说,随时都可以果断地说出来,他却不能。他只好选择赌气。

"你说你只是找回自己该找的,那为什么让旅馆的人们保密?"

仅仅赌气还不够,接下来他选择了抱怨的语气:

"因为保密,我受了多少苦。"

他抱怨自己差点儿没被打死,夸张地说自己差点儿饿死,差点儿热死。每当这时,妻弟的神情都会稍微缓和。妻弟说他需要时间。需要时间平复心情,需要时间思考,需要时间交流。他看了看妻弟的脸色,问道,结果呢?他的声音颤抖,却又努力掩饰声音的颤抖。妻弟也不甘示弱。他说,姐夫担心的不是我们的结果,而是你自己的未来。这句话让他心情惨淡。

沉默。他已经亮出了所有的底牌。他的底牌从开始就单薄无力,现在连单薄无力的牌也用光了。他夸张地露出痛苦的表情,想得到同情。妻弟不为所动。他又看了看关闭的门。视线稍微上移,他看见天花板下面结了蜘蛛网。他决定最后试探一次妻弟,说不定会赢得同情。

他露出楚楚可怜的眼神,搓了搓双手,抹一把脸,然后长长地叹息。心一旦湿润,声音也跟着撕裂了。制造出足够的氛围之后,他恳求妻弟,就算要走,也让他看她一眼再走。以后永远见不到了,所以他想和她告别。说完他又叹了口气。妻弟看似没有同情心,其实还是有的。妻弟犹豫片刻,伸出胳膊敲了敲门,让她出来。门奇迹般地开了,她走出来,身上没有一处伤痕。看到她完好的身体和沉静的表情,他深受打击。人家好端端的,我却那么担心,他觉得自己好委屈。

她坐在长方形餐桌较短的那边,三个人形成了三角形。好像在哪儿见过这种结构,他又想不起来是哪里。后来他明白了,只有三个人的时候,怎样都是这种三角形结构。

他看她,她看着餐桌,妻弟轮流看他和她。意外的是,他一看到她就怒火中烧。那么想念,原以为见面很开心,没想到首先涌上心头的是怨恨。好奇怪。他来的时候,她没有立刻出来,妻弟让她出来的时候,她才探出头来,这也让他倍感失落。他充满怨恨地对她说:

"你什么时候这么听话了?"

他这么说是希望她能听出自己的失落。她却表现得不知所措。换在平时,他会多说几句。有妻弟在,他忍住了。看了看妻弟的脸色,他问她,你好吗?这次他期待的也是过得不好的回答。她小声说,是的。他终于明白,有妻弟在,见面也不算见面,对话也不算对话。这样的见面,这样的对话还不如没有。

他看着妻弟,请他暂时回避。妻弟瞪大眼睛看她,她看着他。他从妻弟的表情中看到了可能性,于是再三恳求。只要稍微回房间一会儿就行,现在我们还能怎么样,只是想问几个问题罢了,她应该也有话对我说。妻弟看了看她,她也看着妻弟。突然间,意料之外的事情发生了。她摇了摇头。看见了吧,妻弟看了

/ 第10章 /

看他。他大受打击,究竟为什么?这句话差点儿脱口而出。幸亏他又想起贼喊捉贼这个成语,忍住没说。

沉默。他说有问题要问,也的确有问题要问,就算为了彻底放弃,他也一定要问,可是张不开口。这时,妻弟哗啦哗啦地翻口袋,拿出手机。他的心又猛地一沉。远比警察可怕的是妻子和孩子们。他正紧张的时候,妻弟说让社长接电话,然后说,我有事,下午再去上班,对不起。他看了看妻弟,妻弟说他换工作了,是朋友的公司,不过心里很舒服。连他没问的也说了。他点头,瞥了她一眼,然后像说给她听似的:

"我迟早也要回公司,玩了太久,身体都痒痒了。是留在韩国,还是去老挝呢?"

当然没有人回答。他也不是为了听到回答才问。为了说给对方听而采用提问的形式,而这个对象是她。他又瞟了她一眼,却没看出她的表情有什么变化。必须决出胜负才行,拖延时间对自己不利,妻弟随时可能宣告游戏结束。他下定决心,对妻弟提议:

"我们让阿美选择,是留在这里还是离开,把选择权给阿美吧,妻弟。"

尽管可能性很小,然而只要妻弟同意,他还是有信心的。他觉得自己对她已经做了该做的一切。在老挝,他给她提供住处和食物,还给她学习的机会和丰富的体验机会。来到韩国后,他也竭尽全力地帮忙。虽然不得已暂时沦为逃亡者,但这种情况下他还是尽可能尊重她的意见,再说逃亡时光也不全是痛苦,还有很多快乐的体验。虽然有时吵架,更多的却还是欢笑,他们聊过很多很多。因为有了这段逃亡岁月,她积累了比同龄女人更多的经验,这些经验肯定对人生有帮助。他相信,如果可以自由选择,她一定会选择自己。

他以为妻弟会嚷嚷着说不可能,不料妻弟并未发火,也没有立刻回答。他觉得妻弟变了,懂得控制情绪,也比以前慎重了。这让他感到不安,不过也没有太在意。他看着妻弟,妻弟低头看着餐桌。她轮流观察他和妻弟。紧张的沉默之后,妻弟终于抬起了头。

"好。"

妻弟毅然决然地看着他。他笑着看她。她尴尬地低头看餐桌。他很开心,称赞妻弟是男子汉。妻弟没有回答。他觉得妻弟可能不满足于这种程度的称赞,于是又说妻弟有决断力,胸怀宽广。他以强者身份大发慈悲地称赞妻弟,妻弟还是不说话。他和妻弟看她。现在,一切都决定于她的一句话。明明是他提的建议,到了关键时刻,他感觉自己的嘴唇都烧焦了。

"留下!"

他觉得自己听错了,于是问什么?

"她说要留下来。"

妻弟代替她做了回答。他吃惊地看了看妻弟,又看了看她。他艰难地平复心情,问道,你没受到威胁吧?妻弟叫了声,姐夫!

/ 第10章 /

她摇了摇头。

"那是他说要报复你?"

妻弟又叫了一声,姐夫!她摇了摇头。

"不管是威胁也好,报复也好,我们去老挝就行了。找不到的,绝对找不到。"

妻弟喊了一声,姐夫,你太过分了!她摇了摇头。

"为什么?不喜欢老挝?那我们去别的国家。在别的国家,我们也可以幸福地生活。我工作就行了。其他国家也不喜欢?那我们就在韩国。你老公已经把选择权交给你,即使我们在韩国生活,你老公也不会把你怎么样的。我马上就恢复工作,工资比你老公多,每个月给你母亲寄生活费。弟弟的学费?别担心,我可以供他读大学。"

妻弟提高嗓门儿,别说了!她又摇了摇头。他终于失去耐心,大声咆哮起来:

"你不是说讨厌你老公吗?"

"我没说讨厌,只是说害怕。"

她头也没抬,小声回答。

"那不是一个意思吗?"

"现在不怕了,可能是我变得强大了。"

"那是谁的功劳!"

他用双手撑着饭桌,马上就要站起来的架势。最后的瞬间,他又放弃了。

"她在老挝得到过姐夫的帮助,我都听说了,所以才原谅了你。现在你可以回去了。"

他不能回去。一个人无处可去。他长长地叹了口气,后悔自己来得太晚。白白在小镇上浪费了一个月。横冲直撞到处寻找的时候,她关闭了面向他的大门,回到妻弟身边。为了生存,她别无选择。他来得太迟了。妻弟说需要时间,现在他才真正明白这句话的含义。

他想哭,但没有哭;想用头撞餐桌,但没有撞。他还没能放弃他的固执,在他看来,这种固执似乎是希望。他露出恳切的眼神,又用恳切的声音哄她说:

"我们在一起的时候难道不幸福吗?"

她没有回答。你讨厌我吗?他这样问。她摇头。那你喜欢我吗?她没回答。你喜欢你老公吗?她也没回答。那我在你眼里是什么!他大喊大叫。她这样回答:

"我没办法跟妈妈说你的事。"

起先他没明白这句话的意思,很快就理解了。他无言以对。他是不光明的存在,不能让别人知道的存在。他从来没这样想,听她这么说很受打击。他总是站在自己的立场上看她,却从未站在她的立场上看过自己。他茫然地坐着,妻弟把他拉了起来。他撑了一会儿,不想起身,但是没有用。别看妻弟整天泡在酒缸里,毕竟比他年轻七岁,力气也大。他再次尝到了绝望的滋味。

站在门口,他回头看。她站了起来。目光对视的瞬间,她说对不起。两滴泪珠沿着她的脸颊滑落。没等他说什么,门开了,他被推出门外。咣当,门锁上了。

＊　　＊　　＊

"姐姐,请你理解。"

坐在沙发上的哥哥跟躺在床上的姐姐说。哥哥提起阿美的瞬间,姐姐就回房间去了。哥哥和阿美瞒了姐姐整整一个月,姐姐感觉自己遭到了背叛。姐姐恐怕想问,"你想要我,还是那个女人?""我不如那个女人吗?"这种问题太幼稚,姐姐说不出口,只好选择回房间。我从姐姐飘忽的眼神中读出了姐姐的心思,幸好哥哥低着头,没有看到。

"连我都不知道自己心里怎么想的,怎么跟姐姐说啊。"

"然后呢?现在知道了,所以才说出来?"

"也许吧。"

哥哥小心翼翼地说。我屏住呼吸。接下来是漫长的沉默。姐姐和我要听,哥哥要说,可是听的人和说的人都很害怕,很紧张,所以我们听不到,哥哥也说不出来。不过哥哥不说,并不代表我们听不到。漫长的沉默就是哥哥的话语。我们并不迟钝,通过沉默我们听到了。姐姐突然大喊:

"我给你钱,就是为了让你把这种女人找回来过日子吗?"

"对不起,姐姐。"

哥哥的手掌拂过脸庞。我看了看卧室里的姐姐。从我的位置能看见姐姐的脚掌,哥哥却只能和虚空进行艰苦的斗争。不,是和全家福里微笑的姐姐。姐姐同样在进行艰苦的斗争。姐姐的心情应该比哥哥更复杂吧。哥哥只要忠实于愤怒就行了,姐姐却在愤怒、自责和绝望中徘徊。哥哥很容易就原谅了阿美,而姐姐却无法原谅姐夫,原因就在这里。

"我怎么面对她!"

"她还小,姐姐宽容点儿吧。"

"年纪小就可以和有妇之夫私奔吗?对不起,跟你我无话可说,可是对她,我无法原谅。哪怕她跪在我面前求饶,我都不一定原谅,现在她连面儿都不露,你还让我宽容?她没说他们在老挝就这样,就是这种关系吗?不用看都知道。在外面鬼混的女人,你怎么能带回家来!这个混蛋和那个丑女人,我都不想见。你也醒醒吧。"

"她说在老挝不是这种关系,只是认识。上次我就想说,姐姐你不用内疚,这是我自己选择的婚姻。"

"她这么说你也信?你觉得她会承认他们以前就这样吗?竟然放肆私奔。无法无天,目中无人。你放手吧,谁能保证这种事情以后不会再发生?我一开始就对她不满意。那张还算好看的脸蛋像资格证似的挂在脖子上,这样的女人怎么过日子?"

听着姐姐和哥哥的对话,我越来越难过。如果不是这种内容的对话该有多好。比如,汉秀的成绩下降让人担心,或者智秀开

第 10 章

始恋爱了,应该打听下对方是个什么样的孩子之类。我尽量不去恨姐夫,可是那个瞬间,我却无法克制对姐夫的怨恨。我抬头看了看没有姐夫的全家福。姐姐的笑容,因为笑而更显悲伤。还是不要笑了……拍半张全家福,有什么好笑的……

"不是这样的,姐姐,她是为了自尊心才故意这样做。不想表现得太自卑,所以……"

"不管是不是故意,她算什么,你凭什么吃亏?你不是说你们都没登记吗?只要你戒酒,找份像样的工作,想跟你的女人都能排成长队。"

姐姐从床上坐起来,仿佛终于找到了解决办法。哥哥刚刚开口说话,姐姐又躺了回去。

"我戒不了酒,也不想戒酒。酒是我唯一的快乐。找份像样的工作?我三十九岁了,姐姐,明年就四十了。谁会放着年轻气盛的小伙子不用而接受我?我也没这个念头,以前的欲望都消失了。姐姐,那个意气风发的弟弟早就死了。现在我一无所有,又无能……谁愿意跟我……在一起的时候不知道,我一个人的时候明白了。我们打得很凶,互相痛恨,还是好过孤身一人,好过连吵架的人都没有……姐姐,我……"

哥哥靠着沙发,抬头看着全家福里的姐姐,小声唠叨了很长时间。床上的姐姐一次次猛然坐起,躺下,躺下,坐起,却没有打断哥哥的话。

几天后,我去了哥哥家。这是哥哥结婚后第一次为父亲祭祀。姐姐没有来。哥哥去找姐姐那天,在哥哥的劝说下,姐姐的气势有所消减,不过还是反对阿美,不想面对她。难道姐姐一辈子都不和她见面吗?哥哥这样问的时候,姐姐没有回答。姐姐退了一步,不管哥哥和谁在一起,她都不干涉。对姐姐来说,已经算是胸怀宽广了。哥哥也明白这点。尽管他坚持说毕竟是父亲的忌日,姐姐应该来,却也没有再强求。这件事需要时间。

阿美和我互相点点头,算是打招呼。哥哥和阿美都没和我正面对视。家里的气氛还不错,没像我担心的那么糟糕。也许是我的过分担心起了作用,才产生这样的感觉,又或者是因为忙于准备祭祀的缘故。他们俩没说多少话,该说的时候就说,没像扮演加害者和受害者的演员那样。

厨房里只剩下我和阿美的时候,我对阿美说,做这么多食物辛苦了。这句话半真半假。并排站在狭窄的厨房里,默默无语地擦拭祭祀器皿,这真是件苦差事。想要驱除尴尬,最有效的手段是语言。我只是需要说句话,而最适合忌日的话题就是食物。阿美脸红了,说自己一点儿也不辛苦,食物都是从市场买回来的。

"买东西也是哥哥买的,我只是在后面跟着。"

这也有情可原。我说我理解,坦言说我也不会做祭祀食物。每次祭祀的时候都是打下手,从来没有亲手做过。说完我就后悔了。想起没能到场的姐姐,我忍不住责怪自己不该对她这么宽容。姐姐每年都亲自操办祭祀,今年第一次把祭祀交给哥哥。

/ 第 10 章 /

不,准确地说是被哥哥拿走的。姐姐没能参加这次祭祀,她会是怎样的心情呢。这时阿美说,谢谢你。过了一会儿,她又说对不起。这让我不用继续自责。我看了看阿美嘴唇上的硬疥。

九点左右,我们开始布置祭祀桌。哥哥往器皿里盛装食物,我和阿美端进房间。我们随便放在桌上的祭品,哥哥重新安排位置。以前这件事都由姐姐来做,哥哥只是最后赶来磕个头。他竟然记住了祭品的摆放位置,真令人惊讶。摆好祭祀桌后,哥哥拿来相机,对着桌子在前面拍,又在上面拍。拍完照片,哥哥对阿美说:

"等照片取回来,我会贴到墙上,你抽空记一下。"

十点左右,我们在祭祀桌前摆了张小桌,围坐在旁边吃饭。不,我和阿美吃饭,哥哥喝酒。很长一段时间,只能听到吞咽米饭和咀嚼蔬菜的声音。你要不要也喝一杯?哥哥问我,我说我要开车,谢绝了。

"工作顺利吧?"

哥哥喝光一杯酒,问我。

"凑合吧,还是老样子。别只顾喝酒,也吃点儿鱼和蔬菜。"

阿美悄悄看了看我的脸色,夹起一块鱼肉,放在哥哥的勺子里。我不是说给阿美听的,不过我没有说话。阿美又夹了点儿蔬菜,放进哥哥的勺子里。哥哥喝光一杯酒,剩下了鱼和蔬菜。

"没有遇到合适的人吗?"

"还没,怎么,让我相亲吗?"

"哥哥没出息,不能给你介绍合适的人。"

"哥哥哪里没出息了?"

这时,阿美说要拿水来,去了厨房。哥哥趁机问道:

"你嫂子,不要太恨她。"

"我怎么会……"

我含糊其辞,没有说下去。哥哥接着说:

"她不是坏人。"

我无法回答。这时,阿美回来了。哥哥把杯子里的酒一饮而尽,问阿美:

"你要不要也喝一杯?"

阿美看了看我,没有立刻作答。哥哥又说:

"没关系,喝点儿没事的。把酒喝了,过去的事全部忘掉。"

* * *

有人很顽固地敲车窗,他只好睁开眼睛。昨天夜里依赖酒精才勉强睡去,前天、大前天也是一样。他摇下车窗,冷不防地探进两三张陌生面孔。他问对方是谁,几张陌生面孔并不回答,而是在车里看来看去,还不停地闻味。他为车里的脏乱感到惭愧,急忙把酒瓶和点心包装藏到被子下面。一个人仔细观察他的举动,问道:

"你不是想自杀吧?"

/ 第10章 /

这个问题太唐突,他答不上来。另一张陌生面孔说,有人举报你,说你无视居民有限的停车位,违法停车。还威胁他说,如果不立刻把车开走,就强行拖走了。他这才认出陌生面孔们的服装。

他卷起被子,推到一边,然后坐上驾驶席。他正要发动汽车,陌生面孔说,最近经常有人在车里自杀。另一张面孔补充说,看到陌生的面包车停在附近,居民们感到不安。他没有回答,发动了汽车。正要出发的时候,陌生面孔们又问,你是做什么的,要去哪里?他没有回答,径直出发了。城市里根本没有停车的地方,连胡同都有主人。

转眼秋天已经过了一半。已经一个月没见过她了。这段时间他什么都不做,每天开车转来转去。什么都不想做。不,他做过两件事。其中一件就是得知自己莫名被公司开除的消息时提出了强烈的抗议。

"我拼命工作了二十年,怎么可以像狗一样把我赶走?我不能走!死也不走!"

他不能走。职场是他找她的最后希望。为了找回她,尽管休职时间还没结束,他还是提出了复职申请。如果穿着新西装,成为干净整洁的职场人士,她说不定会改变主意。应该回到第一次见面时那个从容的后援者形象,而不是四十六岁的邋遢中年男人。他后悔在逃亡途中自己表现得过于懒散,过于无能。

但是事情并不像他想的那么顺利。对他来说只是"休职",而在上司看来却是惹了一堆事之后的"潜逃",在下属们看来则是奔赴自由的勇敢或鲁莽的"逃脱"。人事部反复强调说没有收到过休职申请书。承诺要为他休职的事情努力一下的上司要么不在,要么开会。连续白跑好几天,最后他闯进了会议室。但是他布满血丝的眼睛看到的只有正在享受茶时光的某个部门的底层职员。职员们用惊讶的目光看着夺门而入的他。他直接跑到上司的房间,然后……因为拼命工作二十年却像狗一样被赶走而抗议的他,真的像狗一样被下属职员们拖了出去。

他做的另一件事就是完成了和妻子的离婚。面对面坐在咖啡厅里,妻子有点儿激动。这是可以责怪他,或者可以诉苦的最后机会。

"这些年我自己养孩子,你知道有多辛苦吗?你只要想你自己就行,我却要考虑各种杂事,家务、照顾孩子,还要伺候婆婆!我真是疯了,做了那么多事,为的就是这样的结果吗?"

他没有反驳,没有反驳的气力,也没有反驳的欲望。一切都结束了。服务员大概觉得他们之间的气氛不对劲,放下两杯咖啡,匆忙转身走了。

"脏死了!别碰。"

妻子喊道。正要打开糖罐盖子的他不明就里,稀里糊涂地看着妻子。他环顾四周,明知道妻子不是对服务员说话,却还是盯着服务员看。这时,妻子先打开糖罐的盖子,往自己的咖啡里加

第10章

了糖。他垂下头。

"本想告你通奸罪,把你送进监狱,但是为了正孝,我忍了。不过,孩子绝对不会给你。孩子们是我的,我养大的。就算起诉,恐怕也是我胜诉吧？你以前做过什么,以后要做什么,我都不管,只要别在我们面前出现。"

他点了点头。他本想恳求妻子照顾孩子们呢。这个问题根本不需要妻子提出来。妻子的努力得到了他的高度认可。他只留下极少的退职金,剩下的都给了妻子。他说这是第一次,也是最后一次支付孩子们的抚养费。一年零几个月之后,妻子就要负担两名大学生了。妻子从来没上过班,几年后说不定需要买房子。他想起旅馆男人说明年家里有两名大学生时卑微的笑脸,第一次真正对妻子产生了愧疚。

结束离婚那天,妻子先走了,他赶往安山。他要告诉阿美自己离婚的消息。如果她知道自己恢复了名正言顺的身份,说不定会改变主意。妻弟不在场的时候,她或许会变得真实。他没能见到她。门上挂着一把大锁。如果不把锁砸破,里面的人出不来,外面的人也进不去。也就是说,她被监禁了。

他被妻弟的行为激怒了,敲着门喊她。没过多久,她在里面咚咚敲门,向他发出信号。他问她没事吧。她回答说,真的没事。他愤怒地说,怎么可以对别人做这种事。她沉默不语。他让她不要担心,还说自己没能早些赶到,对不起。他说,我会找开锁工把锁打开。她阻止他说：

"哥哥说要安锁,我同意的。"

这到底是为什么!他大声喊道,喘起了粗气。

"我说哥哥上班的时候,所长可能会来。"

"到底为什么要这样!"

他又喊了一句,然后抬脚踢门。大小如女人拳头的门锁摇晃起来,发出沉闷的声音。

"哥哥已经让我们说出了自己的想法,我觉得我们应该做到,至少短期内。"

"那不是我们的心情,而是你老公自己的想法!"

她没有回答。他趁机说,每个人都有自由,有权利按照自己的方式生活。他又说,我今天发挥自由意志,和妻子离婚了,现在是堂堂正正的身份了,只要你改变注意就行。他没说自己被公司解雇了,也没说自己和穷光蛋无异。

他只说对自己有利的,不利因素绝口不提。尽管这样,也没能得到她的回答。他把她的沉默当成默许。他受到鼓舞,觉得离成功不远了。站在门外的他对站在里面的她描绘玫瑰色的未来,夸下海口说,不管她想要什么,都会满足她,她的母亲和弟弟也都由他负责。已经说过的话,他又说了一遍。自顾自地说了半天,他问她,你在听吗?是的,她说。

"要不要找开锁工?"

他问。她没有回答。他没有继续催促,只是焦急地等待。做决定肯定需要时间。这可不是吃菜包肉或吃猪手的问题,也不是考虑吃炸酱面还是炒面最后选择炸酱面的问题。这是关系一生的重要选择。两者只能择其一。

她终于开口了。听到她说话的瞬间,他瘫倒在地。

"其实是我给哥哥打的电话,让他来接我。"

漫长的沉默在持续。他不敢相信她的话。不可能啊。她为什么要这样?他艰难地站起来,问道:

"是你老公让你这么说的吗?"

"不是。"

"不会的,你不可能这样。你为什么要这样?到底是为什么?"

"我生病了,你却每天出去玩。那个旅馆里只有我是一个人。别人都有同伴,只有我是一个人。"

"你误会了,为了给你补身体,我去钓鲫鱼了。鲫鱼,你知道吧?"

她叹了口气,继续说道:

"我说过不想回老挝,可你总说要去老挝,根本不尊重我的意见。"

"老挝是你的祖国啊,你为什么不想回呢?"

"人们都看我,指指点点,看不起我,骂我,觉得我靠老男人活着。和我自己的国家相比,还是别人的国家更舒服。"

"我不是说了吗?如果不喜欢老挝,我们可以去别的国家。"

"我不去。你变了,满口谎话。你说给我买漂亮的房子,买汽车,结果每天都在逃亡。"

"我什么时候说了?"

"那天……夜里你说了。你喝了酒。"

"我不记得了。"

"你看看,好卑鄙。"

"我都说了,我不记得。不过你不用担心,从现在开始我都给你买。真的。你不是也喜欢我吗?和我一起走吧。"

"我不相信你。没有漂亮的房子也无所谓,可我不喜欢说谎的人,哥哥至少不说谎。"

"你上了他的当。"

"不是,明明做错事的人是我,哥哥却说对不起,说我逃跑都是他不好。这样的人不可能骗我。而且我……喜欢你,也喜欢哥哥。其实……我更喜欢哥哥。逃亡期间,我经常想起哥哥。我太对不起他了。"

他无言以对。沉默在他们中间流淌。上楼的人们悄悄看他,还有人摸着手机,随时要报警的架势。他很着急,发挥最后的力量呼喊:

"那我呢?我因为你失去了一切。失去了妻子,失去了孩子。我呢?我不可怜吗?"

"对不起。"

她说。对不起就够了吗?他喊道。她没有回答。他很委屈,不能就这么回头。他质问道:

第 10 章

"那你为什么一直不说?为什么不说是你给你老公打的电话?你把我当成傻子,很好玩吗?"

"我怕你受伤,本来不想说的,可你总是缠着我……"

"还不如一直不说。"

"对不起。"

他靠在墙上,从来没有像现在这样无力。脑子里空空荡荡,眼前一片漆黑。他不知道以后该怎么过,可是总不能继续留在这里。她很坚定,短期内不可能改变主意。

从楼里出来,他回头看了一眼。走出大门,又回头看。他仍然无法抛弃对她的依恋。他不停地给手机充电,每隔三十分钟看一次,始终没有电话打来。终于,他明白了,自己到了放手的时候。

驶出住宅区,走到偏僻的公路,他把车停在路边。总不能继续这样在路上游荡吧。每个夜晚都那么难熬,退职金也见底了。他在方向盘上趴了很长时间,然后拿出手机。保存的号码不到二十个。人际关系网单薄得像白纸。他逐一翻看那些号码。他在有的号码上停留很久,有的迅速翻过。一个个翻看,三遍之后,好不容易选出一个号码。他按了通话键,期待对方接电话。如果第一次没有成功,他恐怕没有勇气尝试第二次。

第 11 章

开始我没认出姐夫。我在收银台前徘徊的时候,角落里有人举手宣告自己的存在。我不确信。走近一看,才知道那个瘦骨嶙峋的男人,那个胡子乱糟糟,短短的头发向四方伸展的男人正是姐夫。看到我的表情,姐夫问我是不是很惊讶。我坦率地承认了。

"我就知道是这样,每天住在车里,很难打理自己。"

姐夫歉然地笑了。我坐到姐夫对面,闻到奇怪的味道。见我皱起眉头,姐夫问是不是有味。我又坦率地承认了。

"我料到了。"

"对不起,我不该皱眉。我不是故意的。"

姐夫说没关系,说他好几天没洗澡,好几个月没洗衣服了。

"有味是肯定的,这么重的味儿,我自己都能闻到,别人怎么会不知道。"

"没那么严重。"

/ 第 11 章 /

我说了谎。看到姐夫这副样子,还把他当客人待,我对茶馆老板肃然起敬。

姐夫和我点了咖啡。姐夫往咖啡里加了很多奶油,也加了很多糖。咖啡变成了黄色的稠粥。姐夫用小勺舀着吃。以前姐夫也做过荒唐的事,但没这么严重。我赶紧调整表情,喝咖啡。直到喝完咖啡粥,姐夫也没抬头。我假装没看到。杯里的咖啡喝光了,姐夫说冷不丁地把你叫来,对不起。我说没关系,现在还算清闲。我没问姐夫住在哪里,过得怎么样。姐夫全身都在暗示,不问才是最大的尊重。省略了询问近况这一步,我们之间没有了话题。现在,姐夫和我之间只有不能碰触和需要回避的主题。姐夫提出和我见面肯定有重要原因,可是姐夫没有进入正题,只在入口处徘徊。接着,姐夫询问了姐姐的近况。我知道他并不是真的想知道,只是为了推迟他该说的话。姐夫迟疑着问道:

"你姐姐……好吗?"

"是的。"

"还是很生气吧?"

我没有回答。姐夫点了点头,表示认可。

"我没脸见你,也对不起你姐姐。"

我又无话可说了。我不想说姐姐和姐夫之间的事。说起这些,好不容易按压下去的怨恨又会重新抬头。我预感到这将是我和姐夫最后的见面。我想尽可能毫无怨恨地和姐夫道别。我换了话题,问道:

"姐夫,你喜欢漫画书吗?"

这些年来,我常常疑惑这个问题。身穿正装的姐夫坐在小孩子中间,像鸡蛋中的鸵鸟蛋。直到二十年后的今天,我依然没有忘记这样的场面。姐夫真的喜欢漫画书吗?还是因为我而勉强去的?每次姐姐和姐夫回来,我都拉着姐夫的手去漫画书店。拉着姐夫去漫画书店,可以躲避父亲的责骂。父亲严格限制我看漫画书,不过只要我和姐夫在一起,父亲就拿我没办法。

姐夫似乎觉得这个问题莫名其妙,抬头看了看我。我让他回答。他想了想,什么漫画书?

"随便什么。"

"是你喜欢漫画书,我不喜欢。你不会拉我去看漫画书吧?"

我没有回答,只是笑了笑。

"现在我就算想去,眼睛也看不清楚了。"

姐夫说。我开玩笑说姐夫要戴老花镜了。姐夫淡淡地说,该看到的看得到就够了,再想看到更多就是贪心,贪心就会出问题。我默默地笑。

尴尬的沉默。眼睛不知该看哪里,我们两个人都低头看桌子。突然,我注意到姐夫的咖啡杯空了,于是劝他再喝一杯。没等姐夫回答,我叫来服务员,又点了一杯咖啡。姐夫似乎不太情愿,不过没有拒绝。

姐夫喝着新上来的咖啡,突然说,今年秋天太冷了,以前秋天就是秋天的样子,现在秋天倒像冬天。这个逻辑有点儿奇怪,不

第11章

过毕竟有了话题,我还是很高兴。今年秋天像冬天吗?我问。不像吗?姐夫点了点头。

"韩国秋天太冷了。"

"今天也冷吗?"

"嗯。"

这才十月中旬。白天还能见到穿短袖的人,尽管不多。今天阳光很强,额头都会出汗。

"看来你是怕冷的体质。"

姐夫没有回答,喝了会儿咖啡,突然说:

"我要去老挝了。"

我告诉自己不要这样,却还是掩饰不住。看到我的表情,姐夫补充说:

"我一个人去。"

"去老挝干什么……?"

"我被公司解雇了,在这里也没什么事可做。还是在老挝的时候更幸福。"

"去那里干什么?公司也……"

我急忙闭上嘴。

"我要做个渔夫。"

渔夫?我大吃一惊,姐夫点头。

"为什么偏偏要做渔夫……?可以做别的事啊。"

姐夫的回答很简单:

"看上去很酷。我要在湄公河边钓鱼。只要别太贪心,总是可以活下去。在那个国家,本来就不需要太多,和韩国不一样。"

姐夫很淡定,我却做不到。姐夫去老挝做渔夫,我无法想象。我可以阻止姐夫,劝他重新考虑;也可以鼓励他说一定会很酷。最后,我什么也没说。

"带着朋友来玩吧。我带你环游湄公河。"

我低下头。

"把我去老挝的消息扩散出去,好吗?"

我抬起头。

"不要误会。知道我不在韩国了,所有的人才能安心。"

我说好的。又是漫长的沉默。姐夫好像还有话要说,却又迟疑不决。我是真的无话可说了。最后,姐夫打破沉默。你需不需要车?我没明白姐夫的意思。听起来像是问我需不需要车,又像问我现在手中的车是否有必要。我的疑问很快就解除了。

"我有一辆十二座的面包车,现在也不需要了……虽然买的时候就是二手车,不过没开几个月,很干净。这辆车给你,我想借点儿钱买机票……这个要求是不是有点儿不知廉耻?"

我当然不可能需要十二座的面包车。我还是说好的。我说不是借,而是正当地支付车钱。

"谢谢,来老挝玩吧,到时候我再报答你。"

我们起身离开,先去了姐夫停放面包车的地方。姐夫说没开几个月很干净,其实只是块头大,看起来破旧不堪。腐蚀得很厉

/ 第 11 章 /

害,脏得让人不想碰。打开车门,里面散发出浓浓的怪味。有清扫过的痕迹,好像没考虑到气味。我接过车钥匙,承诺明天上午之前支付车款。姐夫又说了声谢谢。

该说的话都已说完了,我们仍然站在车前不动,彼此都在努力回避对方的视线。需要一句适合分手的话语,可是我们都看着对方的脸色,犹豫不决。最后我说了句保重,转身走了。如果我不先转身,恐怕只能一直站在那里。

我一回家就查看存折余额。数字小得可怜,都不好意思说要支付车款。我只好把各个存折的余额凑起来,好容易凑够了机票钱和短期的生活费。拿着这些钱,不知道姐夫能否在那里过上一个月。希望姐夫在这期间能找到生存途径,如愿成为老挝的渔夫。这对姐夫好,对姐姐、对哥哥也好。姐夫过得好,姐姐才能过得好,哥哥才能过得好。

我怀着被十岁的小姨子拉着去漫画书店的心情,噼里啪啦在汇款信息栏输入姐夫的账号,然后给废车场打电话。

作家的话

2007年,某个春日傍晚,我在小区里散步。开始我只看到沿着围墙攀爬的迎春花和木莲花,没有看到她们,也不知道她们什么时候走在我的前面。从某个瞬间开始,我看到了她们,也许是因为她们蜷缩的肩膀。她们长长的头发都用发绳扎起来,穿着牛仔裤和平跟鞋。她们既不东张西望,也不说话,急匆匆地走在春日的余晖里。我的脚步也跟着加快了。我都不知道她们是谁,却被她们的背影牵引,漫无目的地跟着她们。

不知道走了多久,看到她们拐进胡同,我才停下脚步。来自异国的背影却久久无法从我的脑海中抹去,还有米歇尔·图尼埃的话,"背影不会说谎"。

同年的暮春时节,我在旅途中再次见到另一群她们。那天是乡镇的五日集。她们好像赶集结束了,手里拿满了黑色的塑料袋。脚步缓慢,不停地说着什么,偶尔咯咯地笑。她们的笑声高亢而清朗。这次吸引我的不是蜷缩的背影,而是明亮的笑声。我跟在她们身后。要是了解她们的语言就好

/ 作家的话 /

了,我暗自惋惜。

离开集市去客运站的时候,她们瞥着路过的男人们窃窃私语,嘀嘀咕咕,然后大笑,或者轻轻皱眉,或者用羡慕的目光转头再看已经走过的男人。啊哈,她们在议论别人。虽然听不懂她们的语言,但是通过动作,我可以读出她们的想法,包括她们内心的欲望。

到达客运站,她们分别乘坐不同的巴士离开了,我仍然坐在候车室的椅子上。老式电视机正在播放棒球赛。我看了会儿只有抛球没有击球的比赛,站起身来,急忙回到没来得及逛的五日集。

后来,类似的事情接连发生。看新闻、报纸的时候,关于她们的报道也总是吸引我的眼球,牵动我的心思。我的心里沸腾着写她们的欲望。但是,我必须等到内心深处的某种东西成熟。我总不能空手等待。想来想去,我打开了故乡郡政府的网站。郡政府统计的多文化家庭数量,一个郡就有158户(2010年3月底的统计。2008年是多少户,我不记得了。差别应该不大)。针对她们的联谊会也很多,不乏可以间接认识的人。我回故乡见到了她们。

2008年秋天,我已经在写新长篇《我爱劳劳》了。我和这部小说中的登场人物共同生活了两年多。不管去哪里,不管看什么,我们都一起去,一起看。有时和她们小声或出声地聊天。那是愉快而痛苦的时光。现在,到了放下她们的时候了。

小说出版成书的过程中,现代文学出版社的朋友们给了我巨大的帮助。她们请我吃美食,从不吝啬对我的鼓励和指教。谢谢各位。同时,我也要感谢为本书写解读文章的沈真卿老师。

具景美

2010年5月

韩国文学丛书书目

(按中文版出版年份排序)

书名	著者	译者
单人房	[韩]申京淑	薛舟、徐丽红
那个男孩的家	[韩]朴婉绪	王策宇、金好淑
鸟的礼物	[韩]殷熙耕	朴正元、房晓霞
韩国现代小说选:		
通过小说阅读韩国	[韩]金承钰等	金冉
客地——黄晳暎中短篇小说选	[韩]黄晳暎	苑英奕
为了皇帝	[韩]李文烈	韩梅
冠村随笔	[韩]李文求	金冉
光之帝国	[韩]金英夏	薛舟
你的夏天还好吗?	[韩]金爱烂	薛舟
肮脏的书桌	[韩]朴范信	徐丽红
我爱劳劳	[韩]具景美	徐丽红